KEITAI
SHOUSETSU
BUNKO
SINCE 2009

新装版　逢いたい…キミに。

白いゆき

○ STARTS
スターツ出版株式会社

カバーイラスト/比乃キオ

あの頃の僕らは、もう戻らない。

愛する意味。
生きる意味。
ずっとそばにあった答えを、
キミが教えてくれた。

この声が届くのなら、
逢いたい……キミに。

contents.

プロローグ	6

第 1 章

1通のメッセージ	8
クラスメイト	19
遠距離恋愛	31
制服デート	37
恋心	47
行方	56
別れ	63

第 2 章

新たな出逢い	74
思いがけないメッセージ	85
動揺	101
再会	114
謝罪	126

第 3 章

過去	136
発覚	148
命	160

逢いたい	166
空白の時間	176
恋文	186
夜明け	192

第 4 章

永遠	202
アイリス	208
大切な思い出	218

エピローグ	227

番外編　～小さな約束～

空	230
海	240
声	243
心	251
娘	254
星	262

あとがき	275

プロローグ

逢いたい……。
この青い空の下で、キミを想(おも)うよ。

大好きな笑顔。
優しい声。
つないだ手のぬくもり。
いまでも忘れられない、たくさんの思い出。
何度キミの名前を呼べば、この声が届くんだろう。
どれほど愛したら、この想いが伝わるんだろう。
今日も、キミに逢いたい……。

第1章

どうして彼を好きになってしまったんだろう。
そばにいるだけで、よかったのに——。

1通のメッセージ

　ある日、あたしのもとに届いた1通のメッセージ。
　このメッセージが、すべてのはじまりだった。
　その日は、とても綺麗な青空だったのを覚えている。

　——高校1年の10月。
　夏の暑さも通りすぎ、過ごしやすい季節になった。
　よく晴れて、綺麗な青空が広がる午後。
　いまは数学の授業中だ。
　あたしは机に頬づえをついて、教室の窓からボーッと空を見ていた。
　そのとき、スカートのポケットの中でケータイが振動していることに気づく。
「ここの問題は……」
　先生に見つからないように、ポケットからそっとケータイを取りだした。
【新着メッセージ1件】
　……誰からだろう？

FROM　桜木大輔

＊＊＊＊＊＊＊＊＊＊＊＊＊＊
奈々、元気か？
マジで授業だるすぎ。

今日、すげぇ綺麗な青空だな。
この空を奈々も見てるかな。
奈々……。
奈々に逢いたい。
＊＊＊＊＊＊＊＊＊＊＊＊＊＊

　……同じクラスの大輔からのメッセージだった。
　どうやら、メッセージを送る相手をまちがえたみたい。
　あたしの名前は、木下葉月だもん。
　しかもこれって、彼女宛てだよね？
　大輔、彼女いたんだ。
　ちっとも知らなかった。
　大輔に返信しなきゃ。
　あたしは先生に見つからないように、机の下にケータイを隠しながらメッセージを返信した。

TO　桜木大輔
＊＊＊＊＊＊＊＊＊＊＊＊＊＊
大輔へ。
彼女へ送るメッセージが、
あたしのところに来たよ？
＊＊＊＊＊＊＊＊＊＊＊＊＊＊

　すぐに返信が来る。

FROM　桜木大輔
＊＊＊＊＊＊＊＊＊＊＊＊＊＊＊
うわっ！
ちょー恥ずかしい。
俺の彼女と葉月、同じ苗字(みょうじ)でさ。
ノート書きながら操作してたから、
まちがったみたいだ。
＊＊＊＊＊＊＊＊＊＊＊＊＊＊＊

　同じ苗字……。
　大輔の彼女の苗字も"木下"なんだ。
　"木下奈々"か。
　同じ学校に、そんな名前の人いたっけ……？
「よし、今日はここまで。宿題ちゃんとやってくるように。以上」
　──キーンコーン、カーンコーン。
　先生が話し終えたのと同時に、チャイムが鳴り響く。
　退屈な授業が、やっと終わった。
　あたしはうしろを向き、ふたつうしろの席の大輔に笑いかける。
「わりぃ、葉月」
　恥ずかしそうに頭をかいている大輔。
「ふふっ、びっくりしたよ」
　あたしは席から立ち上がって、大輔のところに行く。
「大輔って、彼女いたんだね」

「うん。中学のときから付き合ってる」
「へぇ〜そぉなんだぁ。中学からって、付き合ってもう長いんだね」
「中2から付き合ってて、いま高1だから……もう2年になるなぁ」
「2年!? すごいっ」
　あたしのまわりには、そんなに長く付き合っているカップルなんていない。
「大輔って、意外と一途だね」
「"意外と"ってなんだよ」
「そんなふうに見えないから」
「葉月、おまえなぁ……」
「一途なのって、カッコいいと思う」
「……さんきゅ」
　——ドキッとした。
　大輔って、こんなに優しい顔で笑うんだ。
「なんか……照れるな」
　いままで見たことのない表情。
　大輔の照れた顔がかわいい。
　いままで男の子に対して"かわいい"なんて思ったことなかったから、そんな自分に少し動揺している。
「大輔の彼女って、うちの学校じゃないの？」
「そう。遠距離恋愛ってやつ」
　遠距離恋愛……か。
　メッセージの内容的に、そんな感じがした。

「中学卒業して、彼女が父親の転勤で遠い町に引っ越しちゃってさ。夏休みとか長い休みがないと、なかなか会いに行けねぇんだ……」
　寂しそうに微笑む大輔を見て、胸の奥が苦しくなった。
　彼女に逢いたい気持ちが、痛いほど伝わってくる。
　さっきのような笑顔が見たい。
「今日の空、綺麗だよね」
　あたしは、大輔に満面の笑みを見せた。
「彼女へのメッセージ、読まれちゃったよな？」
「うん、ごめん……。でもね、あたしもちょうど窓から空見てたんだっ」
「数学、ちゃんと勉強しろよな」
「そういう大輔もでしょ？　彼女のこと考えていたくせに」
　そう言ってあたしは、大輔の背中をバシッと叩いた。
「なぁ、葉月……」
「ん？」
「次の授業サボんねぇ？」
「次で今日の授業終わりなのに？」
「嫌ならいいけど。俺ひとりでサボるし」
「あたしもサボるっ」
「ふっ……行こうぜ」
　あたしは笑顔でうなずいた。
　教室を出たあたしたちは、廊下を全力で走っていく。
　学校の屋上へ向かった。
　こんなワクワクした気持ちになるのは、どうしてだろう。

屋上にやってきたあたしたちは、空に向かって両手を広げる。
「はぁ……風が気持ちいいね」
「授業サボって正解だったろ？」
　大輔は、その場にあお向けで寝転がった。
　大輔の隣に座ったあたしは、チラッと大輔の顔を見る。
　青い空を、まっすぐに見つめている大輔。
「なんか空見てるとさ……元気になるんだ、俺」
「大輔……」
「空はどこまでも続いてるじゃん？　どんなに遠くにいてもさ、同じ空を見上げてるんだよな」
「うん、そうだね」
「奈々もいま、空見てるかな……」
　空に向かって微笑む大輔を見て、なんであたしは胸が痛むのだろう。
「……彼女に逢いたい？」
　胸の痛みを隠して、あたしは明るい声でたずねた。
「ん……いますぐ逢いたい」
　こんなふうに大切に想われて、大輔の彼女は幸せだね。
「きっと、彼女も見てるよ」
　どんなに遠く離れていても、誰もが同じ空の下で生きていることを、大輔が気づかせてくれた。
「大輔の彼女って、どんな子？」
「そうだなぁ……美人で、自由奔放？」
「ふ〜ん。美人なんだね」

美人かぁ……いいなぁ。
　あたしも美人に生まれたかった。
　美人な彼女と、かっこいい大輔。
　ふたりはきっと、お似合いなんだろうなぁ。
「どっちから告白したの？」
「俺から」
　あたし……どうしてこんなに、大輔と彼女のことを知りたいのだろう。
　大輔がどんな子を好きになったのか。
　知りたい。
「彼女のこと、どれくらい好き？」
「奈々のためなら、俺はなんだってできると思う」
　まただ。
　ズキンと胸が痛む。
「大好きなんだね、彼女のこと」
「ん……好きだよ」
　目を見て"好きだよ"なんて言われたら、ドキドキしてしまう。
　あたしのことを好きって言ったわけじゃないのに。
「でも遠距離って、すぐに逢いに行けねぇから……不安になる」
　笑っていたのに、大輔は一瞬で寂しそうな顔をする。
　大輔がそんな顔になると、なぜかあたしまで悲しい気持ちになる。
　大輔に笑ってほしい。

今日はいままで見たことなかった大輔の表情を、いくつも知れたから。
　あんな優しい顔で笑ったり、照れてかわいくなったりする大輔をもっと見たい。
「そうだっ！　あたし一発ギャグやるね！」
「はっ？　いきなりどうした？」
　大輔はポカンとした顔であたしを見たあと、プッと吹きだす。
「やっぱり渾身の変顔にするっ」
「だから急にどーしたんだよ？　葉月って、ぶっとんでるよな」
　大輔に笑ってほしい。
　元気をあげたい。
　でも、いまのあたしには、こんなくだらないことしか思いつかないから。
「んで？　待ってるんだけど……その、葉月渾身の変顔ってやつ」
「ちょっと待って、心の準備が……」
　やっぱり恥ずかしくなって立ち上がったあたしは、その場を歩きまわる。
「早く見たい」
「待ってってば……イタッ」
　あたしが歩きまわっていると、横になっていた大輔の足につまずき、前に倒れこんだ。
「おまえさ……どんだけミラクルなんだよ」

「痛いよぉ……」
　あたしは膝をさすりながら、ゆっくりと起き上がる。
「顔打たなくてよかったぁ」
「大丈夫か？」
　そう心配の言葉をかけてくれる大輔だけど、笑いをこらえきれないようだった。
「大丈夫だけど……恥ずかしすぎるっ」
　あたしは膝を抱えて座り、下を向いたままでいた。
　恥ずかしくて顔を上げることができない。
「アッハッハッハ……」
　チラッと大輔を見ると、彼はお腹を抱えて笑っていた。
　うれしくてたまらない。
　大輔の笑顔を、もっとたくさん見たい。
「ねぇ、大輔」
「わりぃ……笑いすぎだよな。ホントに平気か？　ケガしなかったか？」
　あたしの前にしゃがんだ大輔は、まっすぐにあたしの目を見つめる。
「大輔、元気出して？」
　あたしは大輔の頬をきゅっとつねる。
「元気もらったよ。葉月から」
「ホント？」
「さっきの一部始終を思いだすだけで、しばらく笑える」
「恥ずかしいから忘れてよ」
「簡単にはムリだな。あ〜おもしれぇ」

また思いだしたように笑う大輔を見て、あたしは微笑む。
「今日、寝る前にも思いだしそうだな。葉月のミラクル」
「……寝る前はきっと、彼女のこと考えてるはずだよ」
「葉月のミラクル話、彼女にもしないとな」
「ねぇ、大輔」
　目の前にいる大輔の手を取ったあたしは、両手でそっと包みこむ。
「不安にならなくて大丈夫だよ」
「え？」
「遠距離で、すぐに逢いに行けなくても。彼女のこと、こんなに大切に想ってるもん。離れていても大丈夫だよ」
「葉月……」
「彼女も、大輔と同じ気持ちでいると思う」
　どんなに遠く離れていても。
　すぐに逢える距離にいなくても。
　ふたりの想いが強ければ、どんなことだって乗り越えられるよ。
「葉月って、いいやつだな」
「知らなかったの？」
　あたしは冗談まじりに答える。
「ドジだけどな」
「大輔？　なんか言った？」
「なんにも言ってません」
「まぁ、ドジってまちがってないけどね」
「かわいいって言ったんだよ」

「うそつき～！」
　あたしは、励ますことしかできなかった。
　ただ……笑ってほしかった。
　大輔の悲しい顔なんか、見たくない。
「それで葉月渾身の変顔は？」
「じゃあ、見ててね？」
「ぶっ……アッハッハッハッ」
　ふたりの笑い声が、青い空へと消えていく。
　今日、大輔の彼女のことを知った。
　大輔のいろんな表情が見られた。
　大輔の彼女への想いを知った。
　応援したいって思うのに……。
　大輔のこと、もっと知りたくなった。

　――ねぇ、大輔。
　あたしは、空を見上げるのが前から好きだった。
　でも大輔のおかげで、空を見ることがもっと好きになったよ。

クラスメイト

　彼との距離が近くなればなるほど、自分が怖くなる。
　叶わない恋なんてしたくない——。

　大輔とあたしは、クラスメイト。
　出席番号も近かったから、高校に入ってすぐに話すようになった。
　連絡先も交換したけど、学校で毎日顔を見るし、とくに連絡を取ったりすることはなかった。
　いままでは、昨日のドラマがどうだったとか、この音楽が好きとか、他愛もない話をする程度の仲だった。
　だから恋の話なんてしたことなかったし、大輔に彼女がいたことも知らなかった。
　同じ高校に彼女がいるならすぐに噂になっただろうけど、大輔は遠距離恋愛中だった。
　大輔は、背が高くて顔立ちも整っていて、いわゆる世間で言う"イケメン"だ。
　歩いているだけでも、すごく目立つ。
　あたしも大輔の第一印象は、"かっこいい人"だった。
　入学した頃から女子に騒がれていて、大輔が告白されている現場を見かけたこともある。
　校門の前で、他校の女子が大輔を待ちぶせしていることもあった。

とにかくモテる。

大輔と話すだけで、他のクラスの女子にうらやましがられるほど。

それに、いまでは……。

うちの高校で大輔といちばん仲良しな女子は、まちがいなくあたしだ。

あの1通のメッセージをきっかけに、距離が縮まった。

朝、教室で席に座っていると、前のドアから大輔が入ってきた。

あたしの横を通りすぎる前に、目が合う。

「おはよぉ、大輔」

「おはよ」

「英語の宿題やってきた？」

「やべっ！　葉月は？」

「もちろん、やってきたよ」

「見せて？　頼むっ」

「しょうがないなぁ。ジュースおごりね？」

すると、大輔はコーラの缶をあたしの机の上に置いた。

「ちょうど飲もうと思って、下の自販機で買ってきたやつ。やるよ」

「いいの？」

「うん。葉月の英語のノート貸して？」

「はいはい、ちょっと待ってね」

あたしは机の中から英語のノートを取りだして、大輔に渡した。

「さんきゅ〜」
「どういたしまして。あたし、ジュースもらうね？」
「いま飲むのか？」
「うん」
　あたしは、大輔がくれたコーラの缶を開ける。
　すると、勢いよく炭酸が噴き出した。
「もぉ〜大輔のバカぁ〜。机にもこぼれちゃったじゃない」
「缶振ったかもって言おうとしたときに、もう開けてたからさ」
　コーラがこぼれたところを、ティッシュであわてて拭く。
　缶を持っていた手と机の上に少しこぼれただけで、制服は汚れずにすんだ。
「もぉ〜早く言ってよね！」
「わりぃ、わりぃ」
「わざとでしょ？」
「そんなわけないだろ？」
「そう言いながらニヤニヤしてる」
「バレたか」
「ちょっと待ちなさいよっ」
　廊下に逃げていく大輔をあたしは追いかける。
　いたずらされても、本気で憎めない。
　大輔を追いかけるのも、本当は楽しい。
　こんなに楽しくていいのかな。
「待ってってば！」
「やだよ〜だっ」

まるで幼い子どものように追いかけっこをして、無邪気に笑い合う。
　うしろから大輔の肩をつかもうとすると、大輔がいきなり立ち止まった。
　そのせいであたしの顔は、彼の背中にぶつかった。
「……痛いじゃない」
「あ、わりぃ葉月」
「なんなのよ、もぉ」
　大輔の手には、ケータイがあった。
　どうやらメッセージが来たみたい。
　彼が急に立ち止まったのは、そのせいだ。
　メッセージの相手は、おそらく大輔の彼女だろう。
　彼は真剣な瞳(ひとみ)でケータイの画面を見つめていた。
「大輔？」
「ん？」
「どしたの？　平気？」
「ああ」
　彼はケータイをポケットにしまい、やっとあたしのことを見た。
「葉月、鼻の頭が赤くなってる」
「そりゃあ勢いよくぶつかったから」
　すると、大輔は人差し指で優しくあたしの鼻を触る。
　なにドキドキしてるんだろう。
「ごめんな。痛む？」
「平気……」

「ちっちゃい鼻。かわいいな」
　さらに胸の鼓動が速くなっていく。
　かわいいと言われたのは鼻だ。
　べつに、あたしをかわいいと言ったわけじゃないのに。
　大輔に触れられるだけで、こんなにもドキドキする。
　ドキドキなんて、しちゃダメなのに……。

　その日の放課後。
　下校時刻になり、教室や廊下は生徒たちのにぎやかな声に包まれていた。
　あたしは掃除のため、ブリキのバケツと、ぞうきんを持って教室を出る。
　水道場に向かおうとして廊下を歩いていると、うしろから声がした。
「じゃあな、葉月」
　振り返ると、カバンを肩にかけた大輔が立っていた。
「帰るの？」
「うん」
　帰りの時間になると、いつも寂しい気持ちになる。
　また明日になれば学校で逢えるのに、もう少し大輔と話がしたいと思ってしまう。
　なにか話したいときにかぎって、話題が見つからない。
　友達とは、いつもくだらないことばかり話しているのに。
「じゃ」
「あ、大輔っ」

「なに?」
　大輔はあたしの顔をまっすぐ見つめる。
　そんなふうに見つめられると、ドキドキして頭が真っ白になってしまう。
「ううん、なんでもない。ばいばい」
　そう言ってあたしは、ニコッとした。
「また明日な」
　まるで太陽みたいに明るい笑顔を見せて、大輔は廊下を走っていく。
　あたしは、遠ざかっていくその背中を見つめていた。
　廊下の窓から夕日が差しこんでいる。
　オレンジ色に染まる背中。
　やっぱり、帰りの時間は寂しい。
　胸がせつなくなる。
「また明日ね」
　小さな声で、つぶやいた。
　大輔は、クラスメイト。
　ただのクラスメイト。
　それ以上でも、それ以下でもない。
　なんで胸の奥がこんなに苦しいの……?
　持っていたバケツを床に置き、あたしはその場にしゃがみこむ。
　下を向いてため息をつくと、大きな声であたしを呼ぶ声がした。
「葉月っ」

ハッとして顔を上げると、廊下の向こうから大輔が走って戻ってくる。
「なんで……？」
　あたしが立ち上がると、大輔はあたしの前にやってきた。
「葉月って今日、日直だったっけ？」
　大輔は、床に置いたバケツを指さす。
「そうだけど……」
「しょうがねぇから、付き合ってやるよ」
　大輔はバケツを持ち、水道場に向かって歩いていく。
「えっ、ちょ、いいよぉ」
　あたしは大輔を追いかける。
「振り返ったら、葉月がバケツ置いてしゃがみこんでるからさ。日直の仕事、めんどくせぇんだろうなって」
　本当はちがうけど、そうやって戻ってきてくれるなんて優しいね。
　大輔の声が聞こえたとき、うれしかった。
「今朝は英語のノート借りたしな」
　そう言って大輔はニコッと笑うと、すぐに口を開く。
「お礼に日直の仕事、手伝うよ」
「やった！　ありがとっ」
　水道場でバケツに水をたっぷり入れ、あたしたちは教室に戻った。
　まずは黒板を消して、そのあと教室の掲示物をはがす。
　窓や手すり、ロッカーの上など、大輔と手分けして綺麗に拭いた。

いつのまにか教室に残っているのは、あたしたちだけになっていた。
　グラウンドからは、威勢のいい野球部員たちの声が聞こえてくる。
　放課後の教室にふたりきり。
　あたしは自分の席で学級日誌を書いている。
　大輔はあたしの前の席にうしろを向いて座り、日誌を書いているあたしを黙って見ている。
　なんか……見られていると思うと緊張する。
　文字がいつもより綺麗に書けない。
　こんなに近くにいると、大輔の顔さえまともに見ることができない。
　あたしは日誌を書くフリをして、下ばかり向いていた。
「大輔……なんかしゃべってよ」
「しゃべったら、終わんねぇだろ？」
「でも黙(だま)ってると、変な感じがする」
「そうか？」
「うん」
　そのとき、教室の窓から爽(さわ)やかな風が入ってきた。
　風でなびいた髪を耳にかけると、大輔と目が合った。
　ドクン、と胸が大きく跳ね上がる。
　ほんの一瞬お互いに見つめ合ったあと、あたしはすぐに視線をそらした。
「どした？　日誌の続き書かないのか？」
「か、書くよ」

「そこ、記入しなくていいとこ」
「あっ、まちがえた」
「ドジ葉月」
「へへっ」
　なに意識してるんだろう。
　あたしたち、ただのクラスメイトなのに……。

　学級日誌も書き終わり、あたしたちは学校をあとにした。
　ふたりで帰り道を歩いていく。
　一緒に帰るなんて初めてだった。
「あっ、俺ちょっとコンビニ寄っていい？」
「うん。あたし外で待ってるね」
「なんかほしいものは？」
「ないよ」
「わかった。じゃ、ちょっと待ってて」
「はーい。いってらっしゃい」
　大輔がコンビニに入ってすぐに、黒のワンボックスカーがコンビニの駐車場に止まった。
　車から降りてきたのは、20歳前後の見た目からしてチャラそうな男ふたりだ。
　金髪の男と、茶髪で色黒の男。
「なにやってんのー？　ひとりー？」
　金髪の男が、軽い口調であたしに話しかけてきた。
「かわいーじゃん。俺らと遊びに行こーぜっ」
　もうひとりの色黒な男が、あたしの肩を抱き寄せる。

「は、離してっ」
「そんな怖がらなくて大丈夫。俺らと楽しいことしよーぜ」
「いやっ！　やめてっ」
　ふたりの男に無理やり車に乗せられそうになったとき、背後で鈍い音がした。
「……うあっ」
　うしろにいた金髪の男が地面に倒れこむ。
「早く、そいつのこと離せよ」
　いつのまにかコンビニから出てきていた大輔は、男たちをにらみつける。
「だ、大輔っ！　あぶないっ」
　立ち上がって殴りかかってくる金髪の男を、大輔は思いきり蹴り飛ばした。
「このクソガキがっ！　ふざけんじゃねーぞ」
「あ？　おめぇらこそ、嫌がってる女になにしてんだよっ」
「ヤンのか、コラァ」
　色黒の男に突き飛ばされたあたしは、地面に倒れこむ。
「ケンカは嫌いなんだよ。さっさと片づけてやる」
　そう言って大輔は手首や肩をまわしながら、色黒の男とにらみあった。
「テメェ……覚悟しろっ」
　色黒の男が先に大輔に殴りかかっていく。
「大輔っ」
　大輔は相手の拳(こぶし)をスッと避けると、相手を思いきり殴り飛ばした。

大輔の殴る力が相当強かったのか、倒れこんだ男たちは、なかなか立ち上がれずにいた。
「葉月、大丈夫か？」
　大輔は、地面に座りこんでいたあたしを抱き起こしてくれた。
「逃げるぞ」
「え？」
　大輔はあたしの腕をつかんで走りだす。
「……痛っ」
　右の足首に激痛が走った。
「葉月？　どした？」
「さっき突き飛ばされたとき、足痛めたみたい……」
　立ち止まって足首を手でさすっていると、大輔があたしに背を向けてしゃがむ。
「ほら、乗れよ」
「いいよ。おんぶなんて悪いし……」
「あいつら殴っちゃったし、警察とか来たら面倒だろ？　いまのうちに逃げるぞ、早く」
　あたしは大輔の背中に体を預け、大輔の首もとに腕を絡めた。
「行くぞ」
「うん」
　大輔はあたしをおぶって歩いていく。
「大輔、重くない？」
「軽いよ」

大輔の大きな背中から伝わってくる体温。
　風になびく髪からシャンプーの香りがする。
　どうしよう……ドキドキする。
「足痛いんだろ？　このまま病院に行くか？」
「ううん、平気」
「じゃあ家まで送ってく」
「ありがと。大輔って、ケンカ強いんだね」
「べつに強くねぇよ」
「だってあのふたり起き上がれなくなってたよ？」
「あいつらが弱かったんじゃね？」
「そうかなぁ。でも助けてくれてありがと。すごく怖かった……」
「クラスメイトひとりくらい守れなきゃな」
「カッコよかった」
「まさか俺にホレちゃった？」
　大輔は冗談まじりに言う。
　あたしは、うしろから頭を軽くパシッと叩いた。
「そんなわけないでしょ」
「ははっ、だよな」
　そんなのダメだって、わかってるから。
　大輔には彼女がいるから。
　好きになんてならない。絶対になっちゃダメ。
　叶わない恋なんてしたくない。
　あたしたちは、クラスメイト。
　これからも、仲のいいクラスメイトでいよう。

遠距離恋愛

【大輔side】
　あの頃の俺は、いつも不安だった。
　そんな俺のそばにいてくれたのが、クラスメイトの葉月。
　葉月の純粋さが、俺に元気をくれた。
　葉月は……澄んだ青い空のような、心の持ち主だ。

　窓側の、いちばんうしろの席が俺の席。
　俺は、この席が気に入っている。
　できれば１年が終わるまで席替えしたくない。
　窓側の席は、空がよく見える。
　俺は空を見るのが好きだ。
　空を見ていると元気をもらえる気がして、授業中もよく窓から空を見つめている。
　今日も朝からよく晴れて、青い空が広がっていた。
「おはよぉ、大輔」
　朝、席についていた俺のところに彼女はやってきた。
　同じクラスの、木下葉月。
　彼女の席は、俺のふたつ前の席だ。
　背が小さく、華奢な体。
　落ちついた茶色の髪はサラサラのまっすぐな髪で、長さは胸下まである。
「おはよ、葉月」

葉月は笑顔を見せて、自分の席についた。
　高校に入学して、葉月とはすぐに話すようになった。
　初めて話したときから思っていたけど、葉月は人に嫌な印象を与えない。
　優しくて、よく笑う女の子だった。
　連絡先も交換しているけど、いままで用がなければ連絡もしないし、一緒に遊んだこともなかった。
　俺にとって葉月は、クラスメイトの女の子のひとりで、教室でときどき他愛もない話をする程度の仲だった。
　それがあの日、俺が奈々に送るはずのメッセージを、まちがえて葉月に送ってしまった。
　あのメッセージがなければ、俺と葉月はいまほど仲良くなることもなかったと思う。
　葉月が、案外面白い性格だということも、最近知った。
　あと、ドジなところもある。
　とにかく葉月はいいやつだと、あらためて思った。
　優しくて、思いやりがある。
　そしてなにより、純粋だ。
　前に、葉月と午後の授業をサボって、学校の屋上にいたことがあった。
　あのとき、葉月は言ってくれた。
『彼女のこと、こんなに大切に想ってるもん。離れていても大丈夫だよ』
『葉月……』
『彼女も、大輔と同じ気持ちでいると思う』

俺は、葉月の言葉で心が少しラクになった。
　奈々と遠距離になって、半年がたった。
　前に比べて、奈々からの連絡が減ってきている。
　俺から電話をしても、ほとんど電話に出ない。
　メッセージを送っても、いつも奈々からの返信は何時間もたってからだった。
『奈々、なにしてた？』
　電話がつながると、質問ばかりしてしまう。
『友達といたの』
『本当に友達？』
　信じたいのに、疑ってばかりだった。
『大輔、疑ってるの？』
『そうじゃないけど……』
『信じてないの？』
　奈々の言葉は、そればかり。
『信じてるよ、奈々』
　逢いたいときに、すぐに逢いに行ける距離じゃない。
　そばにいないと、奈々の顔を見ないと、不安になる。
『奈々……好きだよ』
　いくら言葉で伝えても、ちゃんと想いが届いているか不安だった。
　電話を切るとき、いつもせつなくなる。
　いまの俺と奈々をつなぐものは、声だけだから。
　遠くにいるということが、想像した以上につらいと感じていた頃だった。

そんなとき葉月がくれた言葉は、奈々への想いを再確認させてくれた。
　奈々には、俺しかいない。
　寂しさや孤独、悲しい過去。
　傷ついて、自分を責めて、たくさん泣いてきた奈々を、俺が幸せにしてやらなきゃ。
　奈々と付き合って２年。
　なにより俺は、奈々のことが好きだから。
　俺は奈々のためなら、なんだってする。
　どんな未来も乗り越えてやる。
　そう……思っていたんだ。

　休み時間、葉月が俺の席にやってきた。
「大輔っ」
　葉月は、ラッピングされた黄色い箱を俺の机に置く。
「なにこれ？」
「ふふっ、なんだと思う？」
　いきなりクイズか？
　葉月は突然、予想もしないようなことするからな。
　渾身の変顔とか、意味不明な一発ギャグとか。
「ん〜わかんね。びっくり箱か？」
「さて、なにが出てくるでしょうか？」
「マジでびっくり箱かよ？」
「ううん。クッキー作ったの」
　葉月は満面の笑みで俺を見た。

「この前、コンビニの前で助けてくれたのと、家までおんぶしてくれたお礼だよ」
「あぁ……べつにいいのに……」
「あたしの手作りだから」
「葉月の手作りねぇ」
「クッキーの味は保証できないから」
「ふっ、なんでだよ」
「とうがらしとか、ワサビとか……」
「そんなもんクッキーに入れたのか!?」
「それは入れてないから安心してっ」
「食うの、すげぇ怖いじゃん」
「大丈夫! ちゃんとおいしいクッキーができたはずだから」
「信じるぞ?」
　言葉ではそう言いつつ、疑いの目で葉月を見る。
「信じてってば」
「わかった。信じる」
「そうだ! あたし職員室に呼ばれてるから行ってくるね」
「ああ」
　葉月は、教室を出るときに、近くの机の角に思いきり足をぶつけた。
「……痛すぎる〜」
　しかも、泣きそうな声を上げて、その場にうずくまっている。
「どんだけドジなんだよ」

俺はボソッとつぶやいた。
　まわりにいたクラスメイトが葉月に駆け寄ると、笑いながらすぐに立ち上がっていたから無事だろう。
　チラッと俺のほうを見た葉月と目が合い、口パクで"ドジ"と言った。
　すると、ペロッと舌を出して恥ずかしそうにしながら、葉月は教室から出ていった。
　机の上の黄色い箱を見つめる。
　クッキー作ってくるなんて、葉月もやっぱり女の子だな。
　かわいいとこあるじゃん……。

　――なぁ、葉月。
　葉月はいつも俺に優しくしてくれた。
　こんな俺を励ましてくれた。
　こんな言葉しか思い浮かばないけど、ありがとう。
　葉月と出逢えて、俺は本当によかったよ。
　葉月と同じクラスになったのも。
　あの日、俺がまちがえて葉月にメッセージを送ったのも。
　きっと、運命だったんだ。

制服デート

　急に男の子の顔になる。
　急にいたずら好きの子どもになる。
　どんな彼も、そばで見ていたい。
　もっと、彼のことを知りたい——。

　夜の9時過ぎ。
　あたしは家でゆっくり過ごしていた。
　自分の部屋のベッドで横になって漫画を読んでいると、そばにあったケータイが鳴った。
「……大輔だ」
　最近、夜になると大輔からメッセージが来るようになった。

FROM　桜木大輔
＊＊＊＊＊＊＊＊＊＊＊＊＊＊
葉月、なにしてる？
相談したいことがあってさ。
彼女の誕生日がもうすぐなんだ。
プレゼント、なにがいいと思う？
彼女に送りたいけど、迷ってて…
＊＊＊＊＊＊＊＊＊＊＊＊＊＊

大輔からのメッセージを見て、胸がぎゅっと締めつけられる。
　あたしに心を許したのか、大輔は彼女の話をたくさんするようになった。
　今日は彼女へのプレゼントの相談だけど、彼女とのラブラブな話やケンカした話、さまざまな話をしてくる。
　クラスメイトで、しかも仲のいい友達なら、話を聞くのはあたりまえだと思う。
　でも、ときどきイライラしてしまうこともある。
　彼女の話を聞きたい気持ちと、聞きたくない気持ち。
　矛盾した心がゆらゆら揺れている。
　だけど内容はともかく、大輔から連絡が来るだけで、うれしかった。

TO　桜木大輔
＊＊＊＊＊＊＊＊＊＊＊＊＊＊
彼女のプレゼントかぁ。
大輔が選んだものなら、
なんでも喜ぶんじゃないかな？
＊＊＊＊＊＊＊＊＊＊＊＊＊＊

　大輔とメッセージのやりとりをして、眠りにつく。
　最近はずっと、そんな毎日だった。
　だからか、眠る前に大輔のことが頭から離れない……。
"早く明日になってほしい"

いままでこんなふうに思ったことなかった。
毎日が退屈なわけじゃないし、それなりに楽しんでいる。
学校に行って、授業を受けて。
友達とおしゃべりしたり、遊んだりして。
親に怒られないように、ただなんとなく勉強して。
その繰り返しの毎日だった。
将来の夢とか、憧れの職業とか、そういうのもとくになくて、進路調査票を書くときにいつも困る。
そんなボーッと生きていただけのあたしが、明日が待ちどおしいなんて不思議……。
友達が言っていた。
恋をすると、毎日が輝いて楽しい。
好きな人に逢いたくて、明日が待ち遠しい。
あたしやっぱり、大輔のこと……。
目を閉じると、大輔の顔が浮かんでくる。
ううん、ちがう。
好きなんかじゃない。好きになっちゃダメ。
大輔はクラスメイト。大輔は仲のいい友達。
あたしは、彼女がいる人を好きになんてならない。
最初から叶わない恋なんてしたくない。
つらい恋をして、傷つくのが怖いから。
それにラブラブな話を聞かされて、今日もプレゼントの相談をされている。
ふたりのあいだに誰かが入る隙間なんてない。
「もぉ、寝よっと」

あたしは、頭まで布団をかぶった。
　なにも考えずに眠りたいのに、どうしても大輔のことが浮かんでくる。
　……大輔が、幸せな夢を見られますように。

　翌日の朝、学校の下駄箱で大輔とバッタリ逢った。
「おはよ、葉月」
「おはよぉ」
　靴を上履きに履き替えると、大輔があたしをジッと見ていることに気づく。
「どしたの？　大輔」
「なんか葉月、今日いい匂いする」
　買ってからまだ2、3回しか使っていない、甘くフルーティーな香りがする香水をつけてきた。
　さっそく気づかれるなんて、香水つけすぎた？
「この香り、俺すっげぇ好き」
「そう？　あたしも好きなんだぁ」
　これから毎日、この香水をつけよう。
　いやいや、ちがう。
　大輔のために香水をつけるわけじゃない。
　女子力を上げるためだから。
「なぁ、葉月。今日の放課後って、暇？」
「えっ……？　うん、暇だけど……」
「じゃあさ、デートしようぜ？」
　大輔は、ニッと歯を見せて笑った。

「はっ⁉ デ、デートぉ⁉ 彼女いる人がなに言ってるんだか」
「……声でかいぞ」
「大輔がそんな人だとは思わなかった」
　彼女がいるくせに、あたしをデートに誘うなんて……！
　その場に大輔を残し、あたしは足早に教室へと向かう。
「待てって、葉月」
　うしろから追いかけてくる大輔は、あたしの腕をつかむ。
「デートって言ったのは冗談だろ？ 付き合ってほしいんだよ」
「はっ⁉」
　付き合ってほしいって、なに……？
「彼女の誕生日プレゼント、買いに行きたいんだけど」
「へ？ あ、あぁ……昨日くれたメッセージにも書いてあったね」
　そっちの"付き合ってほしい"だよね。
　そうに決まってるのに、あたしはなにを勘ちがいしているるんだろう。
　大輔の言葉でうれしくなったり、落ちこんだりして、あたしの心は忙しい。
「無理にとは言わねぇけど」
「ううん。放課後、付き合うよ」
「さんきゅ。なに買えばいいかわかんねぇし」
「てかさ、２年も付き合ってて彼女の好みとか、わかんないの？」

少し……冷たい言い方をしてしまった。
　これじゃまるで、あたしが彼女にヤキモチやいているみたい。
「２年も付き合ってるけど、プレゼントあげたことねぇんだよ」
「そうなの？　なんで？」
「奈々の誕生日は、奈々の母親の命日だから」
「彼女のお母さん、亡くなってるの？」
　大輔は目を伏せて、小さくうなずく。
「奈々の５歳の誕生日に、奈々は母親にほしかったクマのぬいぐるみを買ってもらったらしいんだ。その帰り道、クマのぬいぐるみを抱えて浮かれていた奈々は道路に飛び出して……車にひかれそうになった奈々を母親がかばって、そのまま……」
「そんな悲しい経験を幼い頃にしたんだね」
「奈々は自分のせいで母親が死んだって、ずっと自分を責めてる。事故のときの光景が忘れられないって……」
「……つらいだろうね」
　私なんかには想像もつかないほどの苦しみだと思う。
「葉月、なんで泣いて……」
　自分でも気づかないうちに、涙が頬を伝っていた。
「ごめん……彼女が経験したことを想像したら、怖くて涙が出てきちゃった」
「俺のほうこそ、ごめん。朝からこんな話して……」
　あたしは首を横に振る。

セーターの袖で、こぼれ落ちる涙をぬぐった。
「大輔の彼女へのプレゼント、なににしよっか」
「本当はまだ、プレゼントあげていいのかも悩んでる。奈々の誕生日は、ふたりで墓参りしてたから」
「誕生日っていうのはもちろんあると思うけど、べつになにかの記念日じゃなくても、彼氏からのプレゼントって普通にうれしいんじゃないかな」
「ありがと、葉月」
「大輔の想いは、彼女にちゃんと伝わるよ」
　あたしが大輔のためにできることはなんだろう。
　きっと……なにもない。

　放課後、学校をあとにしたあたしたちは、隣町にあるショッピングモールに出かけた。
「あたし憧れてたんだよね。制服でデートするの」
「葉月の彼氏じゃなくて、ただのクラスメイトでごめんな」
「大輔は、ただのクラスメイトじゃないよ」
「え？」
「仲良しのクラスメイト！」
「ハハッ、そうだな。葉月にはいつも感謝してるよ」
　洋服、アクセサリー、雑貨……いろんなショップを見てまわる。
「なにがいいかなぁ？」
　悩んでいる様子の大輔の表情もかわいい。
　隣にいる大輔を見つめるだけで、幸せだった。

そばにいられるだけで、十分。
　他には、なにも望まない。
「どした？」
　やば……！
　大輔のことジッと見てたの気づかれたかな？
「プ、プレゼントは決まった？」
「やっぱり、あれがいいかな」
　そう言って大輔は、アクセサリーショップに戻り、ハートの形をしたピアスを手にした。
「どうかな？」
　大輔の笑顔につられて、あたしも笑顔になる。
「ぜーったい、喜ぶと思うっ！」
　その笑顔が、彼女に向けられたものじゃなくて。
　あたしに向けられた笑顔なら、どんなに幸せなんだろう。
「よし、これに決めた」
　大輔は、彼女のプレゼントにピアスを買った。
「ありがとな。葉月がいてくれてよかった」
　そのひと言だけで、胸のあたりが温かくなる。
「かわいいプレゼントが見つかってよかったね」
「ああ」
　彼女へのプレゼントを買い終えて、ショッピングモールの中を歩いていると、クレープの甘い匂いがした。
「わぁ～おいしそう～。大輔、クレープ食べない？」
「いいよ。葉月、どれがいい？　今日付き合ってくれたお礼におごる」

「ホント？　やったぁ！　えーと、じゃあ……チョコバナナにする」
「俺は……イチゴカスタードにしよっと」
　クレープを買い、近くにあったベンチに座った。
　ふたりでクレープを食べていると、杖をついたおばあさんが目の前を通りかかる。
「デートかい？」
　そう言って、おばあさんがあたしたちを見て微笑む。
「いえ、ちがいますっ！　彼はクラスメイトで」
「あら、そうなのかい？　お似合いなのに」
　おばあさんは、そのまま雑貨ショップに入っていった。
　どうやら、おばあさんに恋人同士だと思われたみたい。
　でも、お似合いって言われて本当は少しうれしかった。
「葉月、口の横にチョコついてる」
「ホント？　やだ……」
　カバンから鏡を取りだそうとすると、大輔の親指があたしの口もとに触れる。
　ドキッとして、あたしは一瞬動けなくなる。
「じっとしてて」
　そう言って彼は、口についたチョコを取ってくれた。
「あ、ありがと」
「俺の食べてみる？」
「いいの？」
「うまいよ」
　大輔は自分のクレープを、あたしの顔の前に差しだす。

あたしが口を大きく開けてクレープを食べようとすると、彼はクレープをあたしの鼻にぺちゃっとつけた。
「もぉ！　なにすんのよ〜」
「アハハッ……葉月の鼻にクリームついた」
　急に男の子の顔になって、あたしをドキドキさせる。
　そうかと思えば、幼い子どもみたいに無邪気な顔でいたずらをしてくる。
　もっと、大輔のことを知りたい。
　そばで見ていたい。

恋心

　唇が重なるまで、あと数センチ。
　もう戻れない、なにもかも。
　あたしは、どうして彼を——。

　——4時間目。
　いまは、日本史の授業中。
　昨日寝不足だったせいか、眠くてたまらない。
　ノートを書きながらついウトウトしてしまう。
　そのとき、スカートのポケットの中でケータイが振動していることに気づいた。
　先生に見つからないように、あたしはそっとケータイを取りだす。
　大輔からのメッセージだった。

FROM　桜木大輔
＊＊＊＊＊＊＊＊＊＊＊＊＊＊
葉月、眠いのか？
うしろから見てると、
頭ゆらゆら揺れてるぞ？
目覚ましに、窓の外見てみろよ。
＊＊＊＊＊＊＊＊＊＊＊＊＊＊

……窓の外？

「わぁ……」

　思わず声が出てしまい、両手で口を押さえる。

「どうしたんだ？　木下」

　目を細めた先生に、にらまれる。

「なんでもありません。すみません」

　窓の外には、鮮やかな七色の虹。

　こんな綺麗な虹を見たのは、ひさしぶりかもしれない。

　うしろを向いたあたしは、いちばんうしろの席の大輔をチラッと見る。

　大輔は笑いをこらえているようだった。

　きっと、あたしが虹を見て、声を出してしまったことに笑っているんだろう。

　先生にもにらまれたけど、まぁいいや。

　こんなに綺麗な虹が見られたから、うれしい気持ちになった。

　あたしは返信する。

TO　桜木大輔
＊＊＊＊＊＊＊＊＊＊＊＊＊＊
虹、綺麗だね。
教えてくれて、ありがとね。
＊＊＊＊＊＊＊＊＊＊＊＊＊＊

　こんな綺麗な虹が見られたから、なにかいいことが起こ

りそうな気がする。

　放課後、あたしと大輔はふたりきりで音楽室にいた。
　2ヶ月後に控えた高校の行事、合唱コンクール。
　うちのクラスは、あたしがピアノ伴奏者、大輔が指揮者に選ばれた。
「なんで俺が指揮者なんだよ……」
　大輔は指揮者に選ばれたことを不満そうにしている。
「それはやっぱり、大輔が人気者だからじゃない？」
「人気者って……」
「ふふっ、クラスの多数決で、断トツ大輔だったもんね」
　大輔が指揮者に選ばれて、あたしはすごくうれしかった。
「葉月がピアノ弾けるなんてな。マジで意外」
「なぁ〜に？　その言い方」
　あたしはプクッと頬をふくらませる。
「いやいや、すげぇなぁと思って」
　大輔は笑いながら、あたしのふくれた頬を両手で楽しげにつぶした。
「5歳から中学までピアノ習ってたの」
「へぇ〜」
　課題曲の楽譜を目の前に置いたあたしは、イスに座ってピアノを弾きはじめる。
　大輔はピアノにもたれかかり、目を閉じてあたしの伴奏を聴いていた。
　ピアノの音が音楽室に響き渡る。

なんだかわからないけど、この時間がものすごく大切に感じた。

ピアノを弾き終えると、大輔がそっと目を開ける。
「すげぇ……もう完璧に弾けんじゃん」
「ううん、まだまだ練習しないと」
楽譜を手に取ったあたしは、ピアノのイスから立ち上がった。
「俺たちのクラス、絶対に優勝だな」
「どこからそんな自信が来るのよ」
「やるからには、絶対に1位がいいじゃんか」
「それは、そうだけど」
「優勝して、クラスのみんなでパーッと打ち上げやろうぜ？」
大輔が満面の笑みであたしを見る。
「結局、打ち上げが楽しみなくせにっ」
「バレた？」
「あたしも打ち上げ楽しみだけどね」
「指揮者に選ばれたこと、マジで面倒くせぇって思ってたけどさ……」
「うん」
「葉月がピアノ伴奏者でよかった」
胸の奥がぎゅっと締めつけられる。
「それって……どういう意味……？」
「どういう意味って、そのままだけど」

大輔にとっては、べつに深い意味なんてない言葉なんだと思う。
　でもあたしは、大輔と一緒にいられる時間が増えてうれしい。
　大輔が指揮者になってくれて、本当によかった。
「そういえば自由曲って、俺たちが決めることになったんだっけ？」
　合唱コンクールでは、各クラス課題曲と自由曲、合わせて２曲を歌うことになっている。
　自由曲は好きな曲を選べる。
　クラスの話し合いで、自由曲は大輔とあたしが決めていいことになった。
「どんな曲がいいかなぁ？」
　あたしは音楽室の棚にあった楽譜の本を見ながら、自由曲を決めようとしていた。
　あたしが本を見ていると、大輔が横からのぞきこむ。
「俺、楽譜見ても全然わかんねぇ」
　大輔はフラッと窓のほうに行ってしまう。
「課題曲がバラードだから、自由曲はテンポのいい明るめの曲にしよっかな」
　背が低いあたしは脚立に登り、棚のいちばん高いところにある楽譜の本を取ろうとする。
「あ、これなんかいいかな」
　あたしは脚立の上で楽譜の本を眺めていた。
「大輔〜！　これは〜？」

「ん〜？　なんかいい曲あったか？」
　脚立の下から、大輔があたしを見上げる。
「……葉月」
「なぁに？」
「パンツ見えてる」
「ええっ!?　あ、キャーっ」
　動揺したあたしは、バランスを崩して脚立から落ちそうになる。
「あぶねっ」
　落ちちゃう……！
　そう思ったときだった。
　——ドサッ。
「大丈夫か……？」
　なにが起きたの？
　気づいたら、脚立から落ちたあたしを大輔が受け止めてくれていた。
「葉月……」
　床にあお向けに倒れている大輔の上に、あたしの体が乗っかっている。
　大輔の顔が、すぐ目の前にあった。
　近い……。
　あと数センチで、お互いの唇が重なってしまうほど。
　ドクン、ドクン……。
　鼓動がだんだんと速くなっていく。
　見つめ合うあたしたち。

もしこのまま、キスをしたら……。
　あたしたち、どうなるのかな。
「大輔、あたし……」
「ドジだな」
　大輔の言葉に、あたしはハッと我に返る。
「ご、ごめんねっ」
　あわてて大輔の体から離れた。
「大輔、平気!?」
「うん。葉月は？」
「大丈夫。大輔が受け止めてくれたおかげで……」
「気をつけろよな」
「だ、だって……大輔があたしのパンツが見えてるとか言うから」
「俺のせいかよ」
　あたし……たぶん顔赤い……。
　いま、はっきりと自覚した。
　ううん、本当は……もっと前から気づいていたのかもしれない。
　気づかないフリをして、自分の気持ちを抑えようとした。
　だけど、あたしやっぱり……大輔のことが好き。
　好きなんだ。
　彼女がいる人に恋をするなんて、つらいだけ。
　傷つくのもわかってる。
　でも、この恋を。
　想いを止めることは、もうできない……。

どうして大輔なの？
　　どうしてあたしは、大輔じゃなきゃダメなの？
　　彼には、大切な彼女がいるのに——。

　　その夜。
　　あたしは、なかなか眠れずにいた。
　　音楽室での出来事が、ずっと頭から離れない。
　　あの瞬間を思いだすだけで、胸がドキドキする。
　　大輔……もう寝たかな。
　　今日は大輔からメッセージが来ない。
　　自分からメッセージを送ろうとして、文章を何度も書いては消しての繰り返しだった。
　　ケータイの画面を見つめたまま、何分たったかな。
　　なかなか送信する勇気が出ない。
　　普段なら、もっと気楽にメッセージが送れていたのに。
　　大輔への恋心をはっきりと自覚してしまったからか、緊張してしまう。
　　目をぎゅっとつぶる。
「あ〜もぉ……えいっ」
　　やっと大輔にメッセージを送ることができた。
「はぁ……どっと疲れた」
　　返信、来るといいな。
　　あたしは両手で包むようにケータイを持ち、胸もとにあてる。

TO　桜木大輔
＊＊＊＊＊＊＊＊＊＊＊＊＊＊＊
大輔、もう寝てるかな？
音楽室でのこと、ありがと。
合唱コンクール、がんばろうね。
絶対に優勝しよう！
明日の放課後、なにか予定ある？
ピアノ練習したいから、
暇だったら付き合ってほしいな。
＊＊＊＊＊＊＊＊＊＊＊＊＊＊＊

　大輔から返事が来るかもわからない。
　それでもあたしは、ずっとメッセージを待っていた。
　だけど1時間、2時間待っても、大輔からメッセージは来なかった。
　もう寝ちゃったのかな……。
　今日は、夕方まで一緒にいたのに、もうこんなにも逢いたくなっている。
　こんなに好きになるなんて思わなかった。
　明日が待ち遠しい。
　早く学校に行きたい。
　大輔に、逢いたい。

　――けれど翌日、大輔は学校に来なかった。

行方

彼がいなくなった。
メッセージもない。
彼はいま、どこにいるんだろう——。

大輔が学校を休んで3日がたった。
音楽室で逢ったのを最後に、大輔からメッセージもなく、連絡もない。
担任も、大輔が学校を休んでいる理由を把握していないようだった。

TO　桜木大輔
****
大輔、どうしたの？
学校3日も休んでるけど、
具合でも悪いの？
****

メッセージを送った。
けれど、やっぱり返事は来ない。
授業中もずっと、大輔のことを考えていた。
大輔……なんで返事くれないの？
なにかあったの？

何度もメッセージを送ったら、しつこいと思われる。
　だから、大輔からの返事を待つしかできない。
　ボーッと教室の窓から空を見上げる。
　晴れた青い空に、雲がゆっくりと流れている。
　そのとき、スカートのポケットの中で、ケータイが振動した。
　大輔……!?
　……ちがった。
　ただのスパムメッセージで、ガッカリする。
　本当にどうしたんだろう。
　ねぇ、大輔が心配だよ。
　いま、どこにいるの？
　逢いたいよ。
　大輔の笑顔が見たい。
　大輔の声が聴きたい。
　大輔のいない教室は、寂しすぎるよ。

　大輔が学校を休んでから1週間がたっていた。
　相変わらず、返信もない。
「大輔、なんかあったのかな？」
「誰かなんか聞いてる？」
「いや、知らね」
　クラスメイトたちも大輔のことを心配していた。
　クラスの誰も大輔が休んでいる理由を知らない。
　この1週間、大輔のことが心配で、毎日のように泣いて

いた。
　夜もあまり眠れなくて、ケータイを握りしめたまま大輔からの連絡を待っていた。
　メッセージだけでなく電話もしてみたけれど、まったくつながらない。
　大輔の住んでいる家も知らないし、様子を見に行くこともできない。
　心配で、不安でたまらなかった。
　なにか嫌な予感がする。
　あたしは大輔にメッセージを送った。
　ケータイの画面が涙で滲(にじ)んで見える。

TO　桜木大輔
＊＊＊＊＊＊＊＊＊＊＊＊＊＊＊
どうして学校休んでるの？
大輔が心配なの。
連絡待ってるね。
＊＊＊＊＊＊＊＊＊＊＊＊＊＊＊

　3時間目、英語の授業中。
　あたしは教室の窓から、青い空を見つめていた。
　悲しいほど綺麗な空だった。
　大輔も、この空をどこかで見ているのかな……。
　いま、どこにいるの？
　前に大輔が言っていた。

空を見ると、元気になれるって。
いま、あたしすごくつらい。
こんなに綺麗な空を見ても、悲しいの。
元気になれないよ。
大輔……逢いたい。
すごく、すごく……逢いたいよ。
あたしは空を見つめて、心の中でつぶやく。
あたしの声、どうか届いて——。
　そのとき、ケータイが振動した。
【新着メッセージ１件】
　メッセージは大輔からだった。

FROM　桜木大輔
＊＊＊＊＊＊＊＊＊＊＊＊＊
返信が遅くなってごめん。
いま、奈々のところにいる。
＊＊＊＊＊＊＊＊＊＊＊＊＊

　彼女のところにいるって、どうして……？
　ここからは遠くて、長い休みじゃないと彼女の住む町にはいけないと前に言っていたのに。
　彼女になにかあったの？
　返信が来て喜ぶべきなのに、心の中がモヤモヤして複雑な気持ちだった。
　あたしは、急いで返信する。

TO　桜木大輔
＊＊＊＊＊＊＊＊＊＊＊＊＊＊＊
どうして彼女のところにいるの？
学校、休みすぎだからね。
＊＊＊＊＊＊＊＊＊＊＊＊＊＊＊

　ずっと待っていた、大輔からの連絡。
　聞きたいことは山ほどある。
　でも、大輔が彼女のところに行こうが、あたしにはなにか言う権利もない。
　大輔にとってあたしは、ただのクラスメイト。
　たとえ仲が良くても、彼女より大切な存在にはなれない。
　最初からわかっていたはずなのに。
　傷つくことも、叶わない恋だということも。
　だけど、どうすればいいの？
　この気持ち、どうすれば消せるの？
　つらくて、どうしようもない。

FROM　桜木大輔
＊＊＊＊＊＊＊＊＊＊＊＊＊＊＊
奈々の親父が倒れた。
俺、学校やめるかも……。
＊＊＊＊＊＊＊＊＊＊＊＊＊＊＊

すぐに返ってきた、大輔からのメッセージ。
ショックで、もうどうしたらいいのかわからない。
学校をやめる？
そんなの嫌だよ。絶対に嫌。

彼女の話は、大輔からいろいろ聞いていた。
中学卒業後、父親の転勤でここから遠く離れた町に引っ越したこと。
彼女の母親は、彼女が5歳の誕生日のときに、交通事故で亡くなったこと。
彼女はずっと、自分のせいで母親が死んだと思っていて、自分を責め続けている。
この町にいた頃は、大輔が彼女のそばにいた。
でも遠くの町に引っ越してから、大輔とはすぐに逢える距離ではなくなった。
彼女のそばには父親しかいなくて、他に頼れる親戚もいないんだとか。
彼女にとって、たったひとりの家族である父親が倒れたのは大変なことだと思う。
すごく、かわいそうだよ。
でも……あたしって、最低な人間だ。
こんなときでも、大輔に逢いたいって思ってしまう。
彼女のそばに、いてほしくない。
自分勝手な感情が、心の中をかき乱していく。
こんな自分、嫌。

TO　桜木大輔
＊＊＊＊＊＊＊＊＊＊＊＊＊＊
彼女のこと、支えてあげてね。
でも……。
学校やめるなんて言わないで。
あとできっと後悔するはず。
帰ってきたら、ノート貸すね。
＊＊＊＊＊＊＊＊＊＊＊＊＊＊

　メッセージの中では、精いっぱいのイイ子を演じた。
　こういうとき、メッセージは便利だと思う。
　本当の感情を隠して、伝えられる。
　あたしは、ずるい子だ。
　本当は、大輔が彼女のそばにいるのが嫌なのに。
　本当は、いますぐに帰ってきてほしいのに。
　大輔に嫌われたくない。
　嫌われるのが怖いから、あたしの中の綺麗な感情だけを、メッセージに書いた。
　窓から空を見上げると、泣きそうになった。
　あたしのこの醜い嫉妬（しっと）も、汚い心も消したい。
　こんな気持ちで大輔のことを想いたくない。
　つらくて苦しいよ。
　悲しくてどうしようもない。
　どうして大輔を、好きになっちゃったんだろう。

別れ

　さよなら——。
　あたしの恋。
　あたしの大好きな人。

　最後に大輔とメッセージのやりとりをした日から、5日がたった。
　大輔は学校にも来ないし、なんの連絡もない。
"学校やめるなんて言わないで"
　あたしが最後に送ったメッセージにも、返事はなかった。
　いつまで学校を休むつもりなんだろう。
　合唱コンクールに向けて練習もある。
　なにより、大輔に逢いたい。大輔と話がしたい。
　本気で学校やめるつもりなんて、ないよね……？
　朝、下駄箱で靴を上履きに履き替える。
　大輔から連絡が来ていないか、鳴らないケータイを見る癖がついてしまった。
「おはよ、葉月」
　うしろから声がした。
　この声……！
　振り向くと、彼が立っていた。
「大輔……」
「そんな驚いた顔しなくても」

やっと、逢えた……。
　夢じゃないよね？
　いま目の前にいるのは、本物の大輔だよね？
「心配したんだよ？」
　大輔と約２週間ぶりに逢えた。
　音楽室での出来事が、すごく前のような気がする。
「ごめんな。なかなか連絡できなくて」
「うん……いいの」
　大輔が帰ってきてくれただけで、うれしいから。
　このままずっと学校に来なかったらどうしようって、不安で怖かった。
　大輔と一緒に教室へ向かった。
　隣に大輔がいて、顔を見ながら話せる。
　それだけで、こんなに幸せな気持ちになれるんだ。
　もう、どこにも行かないよね？
　いままでどおりだよね？
「……彼女は、どうしてるの？」
　本当は質問するのが怖かったけど、気になってしかたがなかった。
　深刻な顔つきになる大輔を見て、また不安になる。
「葉月、あのさ……」
「おっ、大輔じゃん！」
　同じクラスの男子が大輔を見つけて、廊下の向こうから走ってきた。
「どうして学校休んでたんだ？」

複数の男子が、大輔のところへ一気に集まってくる。
「いろいろあってさ」
　大輔が男子たちとじゃれあっているのを見て、あたしはその場から離れた。
　この光景を見ているだけで、ホッとした。
　みんなから人気があって、大輔がそこにいるだけで雰囲気が明るくなる。
　もう、なにも聞かない。
　ここに戻ってきてくれたから、それでいい。
　同じ教室にいる。
　大輔の笑顔が見られて、大輔の笑い声が聞こえる。
　窓側のいちばんうしろの席に、彼が座っている。
　いつでもおしゃべりができる。
　同じ時間を同じ場所で過ごす。
　それだけで、よかったのに——。

　4時間目は、日本史の授業だった。
「ここはテストに出るからな、覚えておけよ」
　先生が、黒板に書いた内容を読み上げていた。
　大輔が学校を休んでいたあいだの授業は、窓の外ばかり見ていた気がする。
　空を見て、大輔のことばかり考えていた。
　ノートだけは大輔のために必死に取っていたけど、授業内容は頭に入らなかった。
　だけど、いちばんうしろの席に大輔がいるだけで、授業

にも気合いが入る。
　恋の力って、すごい。
　そのとき、大輔からメッセージが届いた。

FROM　桜木大輔
＊＊＊＊＊＊＊＊＊＊＊＊＊＊＊
葉月、今日マジメじゃね？
＊＊＊＊＊＊＊＊＊＊＊＊＊＊＊

　メッセージの内容を見て、つい笑顔になってしまう。
　うしろの席から、あたしのことを見てるんだ。

TO　桜木大輔
＊＊＊＊＊＊＊＊＊＊＊＊＊＊＊
いつもマジメだもーん。
学校休んでた分のノート、
あとで貸してあげるね。
＊＊＊＊＊＊＊＊＊＊＊＊＊＊＊

　あたしは、急いで返信した。
　すると、またすぐに大輔からメッセージが届く。

FROM　桜木大輔
＊＊＊＊＊＊＊＊＊＊＊＊＊＊＊
葉月……。

今日の放課後、
俺に少しだけ時間くれない？
話したいことがあるんだ。
＊＊＊＊＊＊＊＊＊＊＊＊＊＊＊

　今朝、言いかけたこと……？
　きっと、彼女のことだよね？
　学校を休んでいたあいだ、彼女とどう過ごしていたのか。
　あたしも大輔に聞きたいことは、たくさんある。

TO　桜木大輔
＊＊＊＊＊＊＊＊＊＊＊＊＊＊＊
うん、わかった。
放課後、話そうね。
＊＊＊＊＊＊＊＊＊＊＊＊＊＊＊

　あたしはメッセージを送り、ケータイをスカートのポケットにしまった。
　大輔がひさしぶりに学校に来たこともあって、休み時間になると、クラスメイトたちが大輔のもとに集まっていた。
　あたしだけじゃない。
　みんな、大輔に逢いたかったんだよね。
　大輔になかなか話しかけるチャンスがないまま、放課後になってしまった。

放課後の教室。
　クラスメイトはすでに部活動や下校していて、大輔とあたしのふたりだけになった。
　窓の外は、夕焼け空。
　あたしたちは横にならんで立ち、窓にもたれていた。
「大輔、話って……？」
　大輔の目は、いつになく真剣だった。
　少しのあいだ沈黙が流れ、嫌な予感がした。
「……俺、葉月にさよなら言いにきた」
　一瞬、目の前が真っ暗になった。
「さよならって、どういうこと……？」
　動揺する気持ちを抑えるかのように、あたしは自分の胸もとをぎゅっとつかむ。
「奈々のこと、ひとりにしておけない」
「彼女、いま大変なんだよね……？」
「父親が脳梗塞で入院したんだ。奈々も俺以外に頼れる人間いないし、そばにいてやりたい」
「でも……」
　言葉が見つからない。
　なんて言えばいいのか、頭が混乱してわからない。
　どうすればいいの……？
　大輔は、彼女のところに行くの？
「だからあのときメッセージで学校やめるって言ったの？」
「うん。学校やめて、奈々と一緒に暮らす」
「一緒に暮らすって……どうやって暮らすつもり？」

「働くよ。働いて、俺が奈々を支える」
「働くって簡単に言うけど、あたしたちまだ高校生だよ?」
「この年で働いてるやつも、世の中にはいるよ」
「それはそうだけど……」
　なんとかして大輔を引きとめたかった。
　彼女は気の毒だと思う。
　でも、気持ちがついていかない。
　叶わない恋でも、彼女になれなくてもいい。
　ただのクラスメイトでもかまわない。
　大輔のそばにいられるだけでよかったのに。
「大輔の親はなんて?」
「親なんて関係ないよ」
　親に反対されても、彼女のところに行く。
　大輔はもう決めたんだ。
　大輔を止めることは、できないの……?
　彼女の住む町は、ここから遠い。
　前に大輔から話を聞いたとき、地図で場所を調べた。
　海がそばにある町だった。
　きっともう、逢えなくなる。
「後悔……しない……?」
「しないよ。奈々が好きだから」
　胸が痛くて、苦しかった。
　彼女のところに行かないで。
　どこにも行かないで。
　あたしのそばにいて。

わかってる……そんなこと言う権利、あたしにはない。
　　でもあたし、大輔がいなきゃダメなの。
　　いまここで大輔に想いを伝えたら、なにか変わる?
　　好きって告白したら、大輔はここにいてくれる?
「葉月には話もたくさん聞いてもらったし、いろいろ世話になったから、最後にちゃんとさよなら言いたかった」
　　好きだなんて言えない。
　　告白してもなにも変わらないって、わかっているから。
　　あたしの幸せと大輔の幸せは、同じじゃない。
　　大輔の心にいるのも。
　　大輔の幸せの先にいるのも。
　　たったひとり、彼女だけ。
「……葉月?」
「これからいろいろ大変かもしれないけど……幸せになってね」
「ありがとな、葉月」
　　涙があふれてくる。
　　下唇をぎゅっと噛み、涙がこぼれないよう必死にこらえた。
　　あたしは、右手を差しだす。
「握手しよっ」
　　無理に作った笑顔でも、泣きだすよりはずっといい。
　　大輔はあたしの手を優しくにぎった。
　　温かくて大きな大輔の手。
　　この手を離したくないよ……。

「元気でな」
「ん……ばいばい」
　声が震えた。
　もう、涙をこらえられそうにない。
　あたしから大輔の手を放した。
「あたし、もう行くね」
　その場に大輔を残して、あたしは教室を出ていった。
　廊下を全力で走っていく。
「ハァ……ハァ……」
　階段を駆け上がって、息を切らしながら屋上へ向かった。
　屋上の扉を開けて、その場にうつぶせで倒れこむ。
「……ううっ、ひっく……大輔……」
　涙が止まらなかった。
　胸が苦しくて張り裂けそうだった。
　こんなに突然、さよならがくるなんて思わなかった。
　はじめからわかっていたら、もっと……。
　もっとたくさんのこと、大輔と……。
　ずっと一緒にいたかった。
　この学校で、一緒に卒業したかった。
　最後に大輔からメッセージが届いた。

FROM　桜木大輔
＊＊＊＊＊＊＊＊＊＊＊＊＊＊
今までありがと。
葉月と一緒にいると楽しかった。

葉月も幸せになれよ。
＊＊＊＊＊＊＊＊＊＊＊＊＊＊＊

　あたしの幸せは、大輔のそばにいることだったよ。
　屋上の端まで歩いていき、正門に向かう大輔の姿を見つめる。
　夕日に照らされた、大輔の大きな背中。
　最後だとわかっていても言えなかった。
　いつか、好きと言えなかったことを後悔することがあるかもしれない。
　大輔を引きとめられなかったことも。
　なにが正解で、なにがまちがいなのか。
　その答えは、いまのあたしにはわからない。
「ばいばい……大輔」
　つぶやいた小さな声は、風に消える。
　大輔の姿がだんだん見えなくなっていく。
　何度も涙をぬぐいながら、最後まで大輔の姿を目で追いかけた。
　ばいばい、あたしの恋。
　ばいばい……。

　あの日の綺麗な空。
　一緒に過ごした時間。
　大輔の笑顔。
　ずっと、忘れないよ。

第 2 章

◊

彼を忘れられないまま、優しい人に出逢った——。

新たな出逢い

　友達は言う。
"前の恋を忘れるには、新しい恋をするしかない"
　だけど、いまもこんなに好きなのに――。

　大輔とさよならしたあの日から、半年がたった。
　高校２年生になり、クラスも変わった。
　大輔は人気者だったのに、彼が学校をやめて半年がたったいまでは、彼のことを話題に出す人もいなくなった。
　みんな、大輔を忘れていく。
　時間の流れとともに、少しずつ。
　あたしだけが大輔を忘れられない。
　空を見上げるたび、大輔のことを考えてる。
「葉月、合コン行こっ」
　自分の席に座っていたあたしのところに、彼女がやってきた。
　２年生になって同じクラスになった女の子。
　名前は、夏帆。
　クラス替えからまだ１ヶ月ほどしかたっていないのに、ずっと前から友達だったような気がするほど、夏帆と親しくなるのに時間はかからなかった。
　夏帆の肩下まである金色の髪は、ゆるいパーマがかかっている。

校内一の美少女と噂されている夏帆は、モデルのような顔立ちでスタイルも抜群。
　その見た目からは想像つかないほど、性格は男っぽくてサバサバしているところも好き。
「合コンなんて行きたくないよ」
「いいかげんさぁ、遠くへ行った男なんて忘れなって」
　そう言いながら前の席のイスを引いた夏帆は、あたしのほうを向いて座る。
「だからって、合コンなんて嫌だもん」
「新しい恋をしたら忘れられるって」
　夏帆にだけは、大輔とのことを打ち明けていた。
「前の恋を忘れるには、新しい恋をするしかないのっ」
「新しい恋……か」
「明日の放課後、予定あけておいてね」
「……乗り気じゃないけど」
「行ってみたら案外楽しいかもよ？」
　夏帆があたしを心配してくれているのは、わかっていた。
　大輔からは、なんの連絡もない。
　あたしから連絡する勇気もない。
　だけど、そんな簡単に忘れられないよ。
　あたしは２年生になっても窓側の席だった。
　教室の窓から空を見上げるたびに、大輔のことを考えてしまう。
　ねぇ、大輔。
　いま、彼女のそばにいられて幸せ？

この半年のあいだに、大輔があたしのことを思いだす日はあった……？
　あたしはいまでも、大輔のことが好きだよ。

　次の日の放課後。
　あたしは夏帆の家にいた。
　合コンなのに、見た目からしてやる気がないと言われ、夏帆はあたしを変身させた。
　そして、いつもの印象とはまったくちがうあたしの姿が目の前の鏡に映っている。
　胸下まである茶色のまっすぐな髪は、コテでふんわりと巻かれて、前髪はななめに流されていた。
　メイク上手な夏帆に、ばっちりとメイクもされている。
「葉月、ちょ〜かわいい〜」
　鏡に映るあたしを見た夏帆は、そう言って満足そうに笑みを浮かべた。
「あ、ありがと……」
「ストレートも似合うけど、髪の毛巻いてもすっごくかわいい」
「……夏帆のおかげで、かわいくなれただけだよ」
「なに言ってんの！　葉月はもともとかわいいんだから。もっと自分に自信持ちなって」
「夏帆だけだよ。そんなこと言ってくれるの」
「ううん。ちゃんと葉月の魅力、わかってるやつもいるから」
　夏帆の言葉に、少し引っかかりを覚えた。

「あ、そろそろ行かないと。行くよ、葉月」
「本当に行くの〜?」
「いまさらなに言ってんのよ」
「だって……」
　あたしは夏帆に手を引かれて、家を出た。

　駅前のカラオケ店の一室で、合コン相手の男の子たちは先に待っているらしい。
　カラオケ店につくと、気が重くなってきた。
「ねぇ、夏帆……やっぱり帰ってもいい?」
「ちょっとだけでもいいから行こ?　相手も待ってるから」
「うん、わかった……」
　あまり気の進まないまま、夏帆のあとを歩いていく。
「おまたせ〜!」
　夏帆が勢いよくドアを開けて、部屋の中に入っていく。
「おっす〜!」
　部屋の中には、他校の制服を着た男の子ふたりが座っていた。
「ほらぁ、葉月も早く中に入って?」
　夏帆はあたしの腕をつかんで、グイッと引っ張った。
「あ……どうも」
　そう小さな声で言ったあたしは、ペコッと頭を下げて、ソファに座る。
　すると、夏帆が話しはじめた。
「ユージ、翔(しょう)、紹介するね。夏帆の友達で、木下葉月ちゃん」

相手の男の子たちと、ずいぶん親しげな夏帆になんだか違和感を覚える。
「ごめん、葉月。合コンて嘘ついたの」
「え……？」
「紹介するね。ユージは、夏帆の彼氏」
　夏帆がひとりの男の子を指さした。
　黒い髪にはパーマがかかっていて、少しヒゲを生やしている。
　高校生にしては大人っぽい雰囲気のユージくん。
　夏帆の彼氏だという。
「よろしく。葉月ちゃん」
「ど、どぉも、こんにちは」
　動揺するあたしは、夏帆の隣にピタッとくっつき、耳もとで言った。
「てか夏帆、彼氏いるなんてひと言もあたしに言ってなかったよね？」
「葉月が聞いてこないから、べつに言ってなかっただけ」
「そ、そういう問題？」
　たしかに夏帆と仲良くなってから、あたしは自分の話ばかりしていた気がする。
　なんでも話せる友達ができて、うれしかったんだ。
　でも、もっと早く教えてくれてもいいのに。
「んで、こっちの男は、翔」
　夏帆に紹介された男の子は、ニコッと笑った。
　もうひとりの男の子、名前は翔くん。

翔くんも黒髪だけど、ユージくんとはちがったタイプ。
　見た目は、清潔感があって爽やかな男の子だ。
「葉月ちゃん、飲み物どうする？」
「あ……コーラで」
「コーラね。夏帆は？」
「なによ、翔。今日は気が利くじゃない」
「まぁな」
　ふたりの男の子が夏帆の友達だったことに、あたしは少し安心した。
「でも、なんで合コンなんて嘘ついたの？」
　夏帆にたずねると、夏帆はあたしの肩を抱き寄せた。
「でも一応、葉月にとっては合コンでしょ？　ユージは夏帆のだから、狙うなら翔にしてね」
「おいっ……夏帆のバカ」
　翔くんの顔が少し赤くなっている気がした。
「とりあえず葉月が元気ないからさ、パァーッと遊ぼうと思って」
「夏帆……」
　やっぱり、あたしのこと心配してたんだ。
「じゃ、とりあえず歌おうぜ？」
　そう言ってユージくんは、曲を入れはじめた。
　合コンじゃなくて、夏帆の彼氏たちとカラオケに来たと思えば楽しめそう。
　それよりも、夏帆がユージくんにベッタリなことが驚きだった。

学校での夏帆はシッカリ者で、サバサバしているのに、普段の彼女からは想像もつかないほど彼氏に甘えている。
　そのうち目の前でキスでもするんじゃないかと思うくらい、こっちはドキドキさせられている。
「葉月ちゃん、隣座っていい？」
「うん」
　ユージくんの隣に座っていた翔くんが、あたしの横に来て話しかけてくれた。
「夏帆に合コンて嘘つかれたんだな」
「そう。だからあまり気が進まなかったんだけど、夏帆の友達でよかった」
「俺たち同じ中学でさ。ユージと夏帆は、中学のときから付き合ってる」
　中学のときから付き合ってると聞くと、大輔と彼女のことを思いだした。
「お似合いだね。夏帆とユージくん」
「よく人の前でベタベタできるよな」
「ふふっ」
　翔くんもあたしと似たようなことを思っていて、つい笑ってしまった。
「夏帆って、彼氏といるときと学校にいるときじゃ全然ちがうね」
「驚いただろ？」
「うん。校内一の美少女に彼氏がいるって知ったら、男子たち悲しむだろうなぁ」

「夏帆のやつ、そんなにモテるのかぁ」
「男子だけじゃなくて、夏帆に憧れてる女子もいっぱいいるよ。あたしも夏帆みたいな女の子になりたいって思うもん」
「葉月ちゃんは、葉月ちゃんのままでいいんじゃない？」
「え……？」
　翔くんは優しく微笑む。
「歌、翔の番だぞ？」
　歌い終えたユージくんが翔くんにマイクを渡すと、翔くんは歌いだす。
　翔くんは歌がうまくて、夏帆もユージくんもノリノリで盛り上がっていた。
　楽しい雰囲気を壊さないようにあたしも笑顔でいたけど、心の中では大輔のことを考えていた。
　大輔は今日、どんな１日を過ごしているんだろう。
　来るはずのないメッセージを待ってしまう。
　ケータイを見る癖は、直らない。

　約２時間後、カラオケ店をあとにした。
　外に出ると、夕焼けで空がオレンジ色に染まっていた。
「夏帆は、葉月のこと途中まで送っていくから」
「いいよ、夏帆。ユージくんたちと一緒に帰りなよ」
「葉月に話があるの。じゃあね、ユージ、翔」
　あたしが帰る道は、みんなとは反対の方向だった。
　翔くんとユージくんは、先に歩いて帰っていく。

彼らは交差点の角を曲がる前に、こちらを振り返って手を振った。
　彼らの姿が見えなくなると、夏帆があたしの帰る方向へ歩きだす。
「葉月、行こっ」
「あ、うん」
「それで、どーだった？」
　夏帆はニヤニヤしながらあたしの顔を見る。
「どうって？」
「翔のことに決まってるじゃん」
「翔くん？」
「気づかなかった？　翔は、葉月に気があるの！」
「え？　だって今日逢ったばかりだよ？」
「前に、夏帆が葉月と遊んでたとき、翔が偶然うちらのこと見かけたんだって。そのとき翔が葉月にひとめぼれしたらしいよ」
「ひ、ひとめぼれ!?」
「そぉだよ。だから今日は翔のために葉月と逢わせてあげたの。それに、葉月も新しい恋したほうがいいと思って」
「信じられない……ひとめぼれなんて、されたことないし」
「翔のこと嫌い？」
「ううん、いい人だとは思う」
「優しいやつだよ？　翔は」
　同じ中学だった夏帆が言うなら、きっとそうなんだろう。
　今日初めて逢ったけど、嫌な気持ちにはならなかった。

「葉月の連絡先、翔に教えておいたから」
「え？　いつのまに……」
「桜木大輔のことは、忘れるの！」

　夏帆があたしのために言ってくれていること。
　前に進まなきゃいけないことも、わかってる。
　でも……大輔のこと、なにひとつ忘れることができずにいる。
　大輔の笑顔。
　大輔の笑い声。
　授業をサボって、屋上で空を見上げたときのこと。
　音楽室で、あたしを受け止めてくれたときの体温、感触。
　最後に握手をしたときの、手の温かさ。
　なにもかも、昨日のことのように覚えてる。
　もう、大輔はいない。
　どうにもならない恋だって、わかってる。
　そう頭ではわかっていても、心がついていかない。
　新しい恋をすれば、前の恋は忘れられるの……？
　あたしだって、夏帆の言葉を信じたい。
　だけど、大輔を好きな気持ちは、そんなに簡単には消えそうにない。

　その日の夜。
　あたしは、眠ろうとしてベッドに入った。
　枕もとにケータイを置いた瞬間、メッセージが届く。
　そういえば、夏帆が翔くんにあたしの連絡先を教えたと

言っていた。

＊＊＊＊＊＊＊＊＊＊＊＊＊＊＊
葉月ちゃんへ。
今日は楽しかった。
葉月ちゃんがよければ、
また４人で遊ぼう！
おやすみ。
翔
＊＊＊＊＊＊＊＊＊＊＊＊＊＊＊

　翔くんの連絡先をケータイに登録する。
　でも、夏帆から翔くんの気持ちを聞いてしまったのに、なにも知らないフリをして逢うことなんてできない。
「……どうすればいいの？」
　あたしはケータイを置き、翔くんには返信しなかった。
　夏帆、ごめんね。
　翔くんも、ごめんなさい。
　あたしにはまだ、新しい恋をする準備ができていないみたい。

思いがけないメッセージ

　たった一言のメッセージ。
　それだけで、彼のことが気になってしかたがない。

　4人でカラオケに行った翌日。
　朝、教室に向かって階段を上がっていると、下から声が聞こえた。
「葉月っ」
　振り返ると、夏帆が階段を駆け上がってくる。
「おはよ、夏帆」
「おはよっ」
　夏帆と一緒に教室へ向かう。
「翔からメッセージ来た?」
「うん、来た。まだ返事してないけど」
「翔のやつ、待ってると思うよ?」
「夏帆、ごめん。あたし、翔くんとはやっぱり……」
「だ〜め!　とりあえず友達からでいいから」
「友達?」
　あたしの目をまっすぐに見て、夏帆はうなずく。
「すぐに付き合えとか言ってるんじゃないの。大輔の他にも男はたくさんいるんだってこと、忘れちゃダメ」
「友達になら、なれるかも」
「その調子っ」

友達からはじめてみよう。
　1歩だけ、前に踏み出してみよう。
　廊下の窓から見える灰色の空。
　いまにも雨が降りだしそうだった。

　4時間目、古文の授業中。
　あたしは先生の目を盗み、ケータイを取りだした。
　昨日の翔くんからのメッセージに、まだ返事をしていない。
　今朝、夏帆に友達からでいいと言われて、少し気がラクになった。
　翔くんにメッセージを送る。

TO　翔くん
＊＊＊＊＊＊＊＊＊＊＊＊＊＊
昨日は楽しかったよ。
また4人で遊ぼうね。
＊＊＊＊＊＊＊＊＊＊＊＊＊＊

　ケータイをスカートのポケットにしまった瞬間、先生に指されてしまった。
「木下葉月。続きを読みなさい」
　……やばい。
　授業、全然聞いてなかった。
「はい、え〜っと……」
　とりあえずあたしは席を立ち、古文の教科書を手に取る。

「木下？　どうした？　早く読みなさい」
　先生の視線が怖い。
「すいません……」
「授業ちゃんと聞いてなかったのか？」
「……はい」
　先生は、あきれたようにため息をつく。
「あとで職員室に来なさい」
「……はい」
　最悪だ。
　きっと課題が出るか、反省文を書くことになるはず。
　席に座ると、ポケットの中でケータイが振動していた。
　さっきあたしがメッセージを送ったから、翔くんからの返事だろう。
　いまは先生に目をつけられているだろうし、ケータイを見るのは授業が終わってからにしようと思った。
　窓に雨粒がぴちゃぴちゃとあたっている。
　外は、雨が降りはじめた。
　灰色の雲に覆われた空を見ると、気持ちまでどんよりとしてくる。
「今日の授業はここまで」
　古文の授業が終わり、校内にチャイムが鳴り響く。
　教科書やノートを机にしまったあたしは、ケータイを取りだす。
　翔くんからの返信……ではなかった。
　メッセージを見て、頭の中が一瞬真っ白になった。

届いたメッセージは、大輔からだった——。

FROM　桜木大輔
＊＊＊＊＊＊＊＊＊＊＊＊＊＊＊
葉月、元気か？
＊＊＊＊＊＊＊＊＊＊＊＊＊＊＊

　半年以上、一度も連絡はなかった。
　それなのに、どうしてメッセージをくれたんだろう。
　たった一言でも、心が揺れる。
　なんとなく、あたしを思いだしてメッセージをくれたの？
　それとも、なにかあった？
「葉月、どうしたの？　固まっちゃって……」
　夏帆があたしのところにやってきた。
「メッセージが来たの」
「誰から？　翔？」
「ううん……大輔……」
「はっ⁉　桜木大輔⁉」
「うん……」
「なんて⁉」
　あたしは夏帆に、大輔からのメッセージを見せた。
　夏帆はため息をついて、あたしの隣の席に座った。
「こんなの、気まぐれに決まってるじゃん。彼女と一緒にいるんでしょ？」
「うん、そうだよね」

「返事は？」
「まだ……送るか迷ってる」
「傷つくだけだよ？」
　夏帆の言葉でハッとする。
　そう、また傷つくだけだ。
　大輔は彼女のところにいる。
　大輔にとってあたしは、昔のクラスメイト。
　懐かしく思って、メッセージを送っただけにちがいない。
「大輔に返信するのは、やめる」
「そのほうがいいと思う」
　夏帆の言うとおりだ。
「あのね、さっき翔くんにメッセージ送ったよ」
「翔、いまごろ喜んでるね」
　大輔のことを忘れるために、一歩ずつ。
　ゆっくりでも前に進んでいこうと思った。
　窓の外は、ザーザー降りの雨だった。

　大輔から突然メッセージが来た日から、1週間がたった。
　あたしがメッセージを返さなくても、大輔からとくに連絡はない。
　やっぱりただの気まぐれだった。
　夏帆の言ったとおり、あたしも傷つきたくない。
　だから、このまま返信しないでおく。
　自分でも強がっていることは、わかってる。
　それでも、また傷つくよりはマシだ。

ただ、ケータイにメッセージが届くたびに、大輔からのメッセージかもしれないと頭によぎるようになってしまったのが、つらい。
　メッセージを送ってきたのは、翔くんだった。

FROM　翔くん
＊＊＊＊＊＊＊＊＊＊＊＊＊＊＊
やっほー！
体育の授業がサッカーで、
めっちゃ楽しかった。
今日ユージと夏帆が、
うちに遊びに来るけど、
よかったら葉月ちゃんも来る？
＊＊＊＊＊＊＊＊＊＊＊＊＊＊＊

　翔くんからは、1日おきぐらいにメッセージが届く。

TO　翔くん
＊＊＊＊＊＊＊＊＊＊＊＊＊＊＊
体育いいな〜。
翔くん、サッカーうまそうだね。
あたしは数学の授業だったよ。
今日、翔くんの家に行こうかな。
＊＊＊＊＊＊＊＊＊＊＊＊＊＊＊

家に行くのは緊張するけど、夏帆たちも一緒なら大丈夫だよね。

　放課後、学校からそのまま夏帆と一緒に、翔くんの家へ向かっていた。
「ねぇ、葉月。桜木大輔にさ……」
「メッセージ？　返してないよ」
　あたしの言葉を聞いて、夏帆がホッとしたように笑う。
「葉月には幸せになってほしいから」
「夏帆……」
「つらいだけの恋なんか、しなくていいよ」
「うん」
「翔とも仲良くなってるみたいだし」
「いい人だよね、翔くん」
「夏帆が保証するよ」
　あたしが笑顔でうなずくと、夏帆はその場に立ち止まる。
「夏帆、どしたの？」
「ついたよ。翔の家」
「……え？　ここっ!?」
「そうだよ」
　あたしは驚きを隠せない。
　ここが、翔くんの家だなんて……。
　夏帆は慣れた感じで、インターホンを押す。
　門は横に５メートルはあるし、広そうな庭も見える。
　いわゆる、大豪邸。

「翔くんの家、お金持ちなの？」
「ふふっ、驚いた？」
「うん」
「翔のお父さん、大企業の社長さんだからね。それにこのあたりの地主らしいし。翔はまぁ、おぼっちゃまなわけよ」
　全然そんなふうに見えなかった。
「あたしはごく普通の高校生かと……」
「まぁ会社は、翔のお兄ちゃんが継ぐらしいから、翔は自由に育ってるんじゃない？」
　翔くんが、大きな玄関のドアから出てきた。
「いらっしゃい」
　制服姿のままの翔くんが、あたしたちを出迎えてくれた。
「翔くんのおうちでかすぎて、びっくりしたよ」
「ホント？　上がって」
　広い玄関。
　たぶん、玄関だけで、あたしの部屋くらいある。
「おじゃましまーす」
　そう言って先に靴を脱いだ夏帆は、慣れたように長い廊下を走っていってしまった。
　いきなり翔くんとふたりきりにするなんて、夏帆のせいで緊張する。
「葉月ちゃん」
「は、はいっ」
「えっ？　なんか緊張してる？」
　翔くんの優しい笑顔を見たら、少し緊張がほぐれた。

「今日は、来てくれてありがとな」
「あたしこそ、呼んでくれてありがと」
「ユージも来てるし、早く部屋行こ?」
「うん」
　この大豪邸から想像できるとおり、翔くんの部屋もかなりの広さだった。
　部屋全体は白を基調としていて、おしゃれなソファや丸いテーブルが部屋の真ん中にある。
　窓のそばには机、壁際にはいくつもの本棚が並ぶ。
　そして大きなテレビがある前には、夏帆とユージくんがいた。
　床に座っている夏帆は、ユージくんに膝枕をしてあげている。
「いきなりラブラブしてるし……」
　あたしがボソッと言うと、夏帆はにっこりと笑う。
「よっ!　葉月ちゃん」
　ユージくんは横になったまま、あたしに笑いかけた。
「ユージくん、どうも」
　このふたりのそばに座るのは、なんだか気まずい。
「葉月ちゃん、ソファに座れば?」
「あ、うん」
　カバンを床に置いて、ソファに座る。
　すると、翔くんもソファに座った。
　3人がけのソファだから、ふたりで座ってもだいぶ余裕がある。

翔くんとの距離も、ちょうどいい。
　あまり近いと緊張してしまうから。
「翔、映画見ようぜ？　この前話してたやつ」
　ユージくんが言うと、翔くんは立ち上がって窓のほうに向かう。
「じゃあ準備するよ」
　準備……？
　翔くんは部屋のカーテンを閉める。
　間接照明で、温かみのある優しいオレンジ色の明かりが、部屋全体をさらにおしゃれな空間にした。
　そして大画面のテレビで、映画がはじまった。
「葉月ちゃんも映画でよかった？」
　翔くんがソファに戻ってきて座った。
「うん。この映画、前に見たいって思ってたの。思いがけず見られて、うれしい」
「そっか。よかった」
　ユージくんと夏帆は床に寝転がったままで、あたしと翔くんはソファに座って映画を見た。
　映画に集中したいけど、夏帆たちがいちゃついているのが視界に入ってくる。
　こっちがドキドキして恥ずかしくなってくる。
　隣にいる翔くんをチラッと見るけど、彼は映画に集中しているようだった。
　さすが、あのふたりに慣れているだけある。
　そして、映画がはじまって1時間後くらいだろうか。

「ユージ、アイス食べたい」
　夏帆たちの会話が聞こえてくる。
「買いに行くか？」
「うん」
「俺ら、ちょっと行ってくるわ」
　床で横になっていた夏帆たちが、いきなり立ち上がった。
「葉月たちも、アイスいる？」
　ソファの横を通りすぎようとした夏帆の腕を、あたしはとっさにつかんだ。
「映画まだ途中だよ？」
「うん。思ったより面白くないんだもん」
「夏帆、映画は最後まで見ないと、面白くないかは判断できないよ」
　あたしは、必死に夏帆のことを引きとめようとする。
　翔くんとふたりきりになっちゃう。
「行ってくるね。葉月たちの分も買ってきてあげる」
　夏帆はあたしの手をほどいて、ユージくんと部屋を出ていってしまった。
「……行っちゃった」
「あいつらマイペースだから、気にしないほうがいいよ」
「う、うん」
　あたしは下を向く。
　どうしよう。
　このまま映画を、黙って見るべき？
　それともなにか話したほうがいい？

どうしたらいいかわからない。
　もう、夏帆のバカ……。
「葉月ちゃん」
「は、はい」
　顔を上げると、翔くんの顔が目の前にあった。
　驚いたあたしは、動けなくなる。
　翔くんの指が、あたしの髪に触れる。
　もしかして……キスされるの……？
　胸の奥が、苦しい。
　やめて、お願い……翔くん……！
「……やっぱりな」
　やっぱりって……？
「髪の毛に米粒ついてたよ」
「へっ？　米粒？」
「ほら」
「ホントだ……恥ずかし……」
　なに考えてるんだろう。
　夏帆とユージくんがあんなふうにベタベタしているから、あたしまでヘンな想像してしまった。
　翔くんに、キスなんてされるわけないのに。
「俺にキスされるかと思った？」
「えっ!?」
　ドキッとした。
　心の声が翔くんに聞こえてしまったのかと思った。
「キス……してもいい？」

翔くんの手が伸びてきて、あたしの頬を包みこむように優しく触れる。
「翔くんってば、冗談やめてよ」
「本気だよ」
　翔くんの真剣な瞳。
　胸がぎゅっと締めつけられる。
「俺の気持ち、夏帆から聞いた？」
「あの、その……うん」
「やっぱりな」
「ごめんね」
「葉月ちゃんが謝ることないよ」
「あの、ホントなの……？」
「ホントだよ。葉月ちゃんのことが、好きだ」
　あたしの頬に触れる、翔くんの温かい手。
　彼の穏やかな笑顔。
　彼のまっすぐな瞳。
　想いがちゃんと、伝わってくる。
「ひとめぼれなんて生まれて初めてだった。でも、葉月ちゃんのこと知っていくたびに、もっと好きになってる」
「ありがとう、翔くん」
　真剣に想いを伝えてくれた。
　だから、翔くんを傷つけることなんてできない。
　言わなきゃ、ちゃんと。
「ごめん、翔くん。あたし……忘れられない人がいるの」
「夏帆から聞いてるよ」

「知ってたの……？」
「夏帆に葉月ちゃんのこと紹介してくれって頼んだとき、"葉月には、忘れられない人がいる"って言われたよ」
「それなら、どうしてあたしと逢ったの？」
「もうその人には、逢えないんだろ？」
「逢えないのに、忘れられないの……大輔のこと……」
「葉月ちゃんの好きな人、大輔っていうんだ？」
 あたしはコクリとうなずく。
 頬から翔くんの手が離れると、彼はその手で優しくあたしの頭をなでてくれた。
「急に彼女のところに行っちゃってね……自分の気持ちも伝えられなかった……」
 彼は静かにうなずきながら、あたしの話を聞いてくれた。
「自分でもどうすればいいか……わかんなくて……」
 涙があふれてくる。
「俺は……葉月ちゃんが、その大輔ってやつのこと忘れられなくてもいいよ」
 涙が頬を伝って落ちていくのがわかった。
「すぐに忘れられる恋なんて、本気じゃないんだよ。葉月ちゃんは、本気でその人のこと好きだったんだと思う」
「うん……すごく大好きだった……」
 大輔と一緒に過ごした時間は、長い人生で見れば、ほんの一瞬だったかもしれない。
 それでもあたしは、大輔を好きになってたくさんのことを知った。

好きな人のそばにいられることの幸せ。
　好きな人の笑顔を見ると、自分までうれしくなること。
　苦しすぎる胸の痛みも。
　自分を嫌いになるほどの嫉妬も。
　叶わない恋のせつなさも。
　逢いたくて、眠れない夜を過ごす時間も。
　好きな人を想って、空を見上げるようになったのも。
　大輔に、恋をしたから。
「無理に忘れなくていいよ。すぐに俺を見てなんて言わない。ただ、葉月ちゃんのそばにいたい」
　翔くんは、優しく包みこむようにあたしを抱きしめた。
「葉月ちゃんが心に抱えているもの……重くなったら、俺が持つから」
「翔くんを傷つけるかもしれない……」
「葉月ちゃんになら、傷つけられてもいいよ」
「なんでそんなに優しいの……？」
「葉月ちゃんはもっと、まわりに甘えてもいいんじゃない？　そんなにがんばるなよ。ひとりでがんばりすぎ」
　つらい気持ちを分け合おうとしてくれる優しい人。
　ひとりでがんばらなくていいと、甘えさせてくれる人。
　自分の気持ちより、あたしの気持ちを考えてくれる人。
　翔くんは、そういう人だ。
「好きなだけ泣いていいよ」
　甘えていいの……？
　翔くんを傷つけるかもしれないのに。

「あたしの……そばにいてくれる……？」
　自分の弱さに気づいて、誰かに甘えたくなった。
　少しでも寂しさが消えるなら。
　少しでも悲しみが癒えるなら。
　誰かに、もたれていたい。
　こんなあたしを受け止めてくれる優しい人は、きっとどこにもいない。
「そばにいるよ」
　彼の胸で、思いきり声を上げて泣いた。

動揺

　もう一度、恋をしようと思った。
　誰よりもあたしを想ってくれる。
　きっと、幸せな恋ができる。
　それなのに、どうして──？

　翔くんと付き合い始めて1ヶ月がたった。
　付き合う前から4人で遊んでいたけど、よく夏帆たちカップルとダブルデートをしている。
　今日は日曜日、4人で遊園地に遊びに来ている。
　朝から晴れて、青空が広がっていた。
　休日で人も多くにぎわっている。
　夏帆とユージくんは手をつないで、あたしたちの前を歩いていた。
「葉月、手つなごっ」
　隣を歩いていた翔くんが、あたしの前に手を差しだす。
「うん」
　あたしは翔くんの手をにぎりしめた。
　翔くんは、いつからかあたしを"葉月"と呼ぶようになり、自然とふたりの距離も近くなっていた。
　あたしはいま、4人でいる時間がすごく好き。
　楽しいし、笑うことが増えた気がする。
「あれ……いつのまに夏帆たち……」

夏帆とユージくんが、売店でソフトクリームを買っているのが見えた。
「あいつら、本当マイペースだよな」
「ふふっ」
「俺たちも楽しもうぜっ」
「ジェットコースター乗ろうよ」
「行こっか」
　手をつないだまま、あたしたちは走りだした。
　前に、夏帆が言っていた。
『前の恋を忘れるには、新しい恋をするしかないのっ』
　あの言葉は、本当だったのかもしれない。
　手をつなぐ温かさも。
　ささやかな小さな幸せも。
　ふたりの笑い声も。
　あたしは、大切にしていきたい。

　オレンジ色に染まる夕焼けの空。
　夕暮れはどうしても、大輔とさよならした日を思いださせる。
　せつなくなる。
　どうしようもなく悲しくなる。
　あたしは翔くんと観覧車に乗っていた。
「高いところ、苦手だった？」
　そう言って隣に座る翔くんが、あたしの顔を心配そうにのぞきこむ。

「ううん、そんなことないよ」
「なんか……急に元気なくなったから」
「元気だよ？」
　あたしはニコッと笑ってみせる。
　いま隣にいるのは翔くんなのに、大輔のことを思いだすなんて……。
　胸の痛みが少しずつ癒えても、完璧に大輔を忘れることなんて、できないのかもしれない。
　それでも、翔くんのそばにいるって決めた。
「翔くん」
「ん？」
「ここから町を見てて思ったんだけど……人の出逢いって奇跡だよね」
「そうだな」
「こんなにたくさんの人がいる町で、翔くんに出逢えたのも奇跡だよね」
　ふたりの横顔が、夕陽に照らされる。
　お互いに見つめ合ったまま、黙りこんだ。
　あたしが目を閉じると、そっと翔くんの唇が重なる。
　初めて、翔くんとキスをした――。
　唇が離れて、彼が優しく微笑む。
「俺……いま、すっげぇ幸せ……」
　そのあと、何度もキスをした。
　頭の中で、なにも考えられないくらい……甘く、とろけるようなキス。

あたしの心を、翔くんでいっぱいにしたい——。

　遊園地の帰り、翔くんと手をつないで歩いていた。
　夏帆たちカップルとは途中で別れ、翔くんはあたしを家まで送ってくれるという。
　いくつかの星が瞬く夜空には、幻想的な白い満月が浮かんでいる。
「遠まわりさせて、ごめんね」
「少しでも長く葉月と一緒にいられて、うれしいけど」
　翔くんの言葉は、胸が温かくなる。
「あたしも、うれしい」
　翔くんは、あたしの手をぎゅっとにぎりしめる。
「楽しかったね、遊園地」
「また行こうな」
「うんっ」
　うちの前について、あたしたちは立ち止まる。
「送ってくれて、ありがとう」
「またな。おやすみ」
「おやすみ」
　翔くんはあたしのおでこにキスをすると、つないだ手を離した。
　翔くんの姿が見えなくなるまで、その場で手を振りながら見送った。
　キスされたおでこに、指先でそっと触れる。
　今日、翔くんとキスをした。

いっぱいキスをした。
少しずつだけど、ちゃんと前に進んでる。
この恋を、ゆっくりと育てていきたい。

遊園地で遊び疲れたのか、今夜はよく眠れそう。
シャワーを浴びたあたしは、部屋のベッドに飛びこんだ。
うつぶせのまま目を閉じる。
すると、床に置いてあったケータイが鳴った。
たぶん、翔くんからのメッセージだ。
あたしはあくびをしながら、床に手を伸ばしてケータイを取る。
目をこすりながらケータイを見ると、翔くんからのメッセージではなかった。
「なんで……？」
一瞬、頭の中が真っ白になった。

FROM　桜木大輔
＊＊＊＊＊＊＊＊＊＊＊＊＊＊
葉月、逢いたい……。
＊＊＊＊＊＊＊＊＊＊＊＊＊＊

大輔からのメッセージだった。
１ヶ月ほど前、大輔から突然送られてきたメッセージに返信もしていない。
あのときは、ただの気まぐれだと思った。

なにかあったの？
彼女は……？
いろんな想いがあふれてくる。
あたしに逢いたいなんて、どうして……？
思わず、大輔にメッセージを返信するところだった。
翔くんの顔が頭によぎる。
翔くんを裏切るなんて、絶対にしちゃいけない。
そのとき、メッセージが届いた。
翔くんからだった。

FROM　翔くん
＊＊＊＊＊＊＊＊＊＊＊＊＊＊＊
遊園地、楽しかったな。
また遊びに行こう！
おやすみ。
葉月のこと、大好きだ。
＊＊＊＊＊＊＊＊＊＊＊＊＊＊＊

　翔くんを裏切れない。
　あたしを大切に想ってくれて、いつも優しさと笑顔をくれる。
　泣きたいときは、好きなだけ泣いていいって、あたしを抱きしめてくれる。
　あたしの甘えや弱さも、受け止めてくれる。
　あたしは翔くんと、恋をはじめた。

それなのに、いまさら……。
　大輔に逢いたいって言われても困るよ。
　たった一言のメッセージ。
　この一瞬で。
　どうして心がこんなに、かき乱されるの？
　あたしはケータイをベッドの上に放り投げた。
　すると今度は、ケータイの着信音が鳴りだした。
　メッセージじゃなくて、電話だ。
　あわててケータイを見ると、大輔からの電話だった。
　あたしは画面を見つめたまま、どうすることもできない。
「どうしよ……」
　出るか出ないか悩んでいるうちに、電話は切れてしまった。
　なんとも言えない複雑な気持ちになる。
　逢いたいなんてメッセージに、電話までかかってきた。
　大輔に、なにかあったのかもしれない。
　けれど、電話をかけ直す勇気が出ない。
　大輔のこと、忘れようとしてきた。
　そんなあたしを、そばで応援してくれた夏帆。
　あたしを好きだと言ってくれた翔くん。
　いまここで大輔と話したら、夏帆のことも翔くんのことも裏切ることになる。
　それに、大輔の声を聞いたら、つらかったあの頃に引き戻されてしまいそうで怖い。
　電話に出なくて、きっと正解だった。

あたしは部屋の窓を開けて、夜空を見上げる。
　あれだけ眠かったのに、目が覚めてしまった。
　満月をボーッと見ながら、大輔のことを考えていた。
　ねぇ、大輔。
　いま、幸せだよね……？

　朝、学校の制服に着替えた。
　カーテンと窓を開け、まぶしい太陽に目を細める。
　大きなあくびをしながら、両手を上げて背伸びをした。
「ふぁ〜あ……眠い……」
　昨日は結局、一睡もできなかった。
「葉月ー？」
　部屋のドアの向こうから、ママがあたしを呼んだ。
「なぁに？」
　ドアを開けると、ママが言った。
「翔くんがうちの前に来てるわよ」
「え!?」
　部屋の２階の窓から顔を出すと、家の前にいる翔くんの姿を見つけた。
　ズキンと胸が痛む。
　朝からうちに来るなんて、どうしたんだろう。
　もしかして昨夜、翔くんのメッセージに返事をしなかったからかもしれない。
　普通にしなくちゃ。
　翔くんに、心配かけたくない。

大輔から連絡が来たことも、黙っておこう。
　学校のカバンを持って、あたしは部屋を出た。
　階段を下りて、玄関へ向かう。
「葉月、朝食は？」
「ごめん、ママ。今日はいいや。いってきます」
「いってらっしゃい」
　玄関のドアを開けると、家の前の電信柱に寄りかかる翔くんがいた。
「葉月、おはよっ」
　翔くんの穏やかな笑顔に、あたしも微笑む。
「おはよ。朝からどうしたの？」
「葉月に逢いたくなってさ」
　うれしい言葉なのに、胸が締めつけられる。
「途中まで、一緒に行こ」
「うん」
　翔くんとは学校がちがうため、途中までしか一緒に行けない。
　手をつないで歩いていくけど、複雑な気分だった。
　なんだか、翔くんのことを騙しているみたい。
　だけど、大輔から連絡が来たことを話すべきなのかな。
　正直に話したら、翔くんがどんな気持ちになるか想像がつく。
　嫌な気持ちにさせたくない。
　交差点の前で立ち止まり、あたしは手を離した。
「あたしこっちだから。じゃあね」

無理に作った笑顔も、気づかれたくない。
　　歩きだそうとすると、翔くんに腕をつかまれる。
「翔くん……？」
　　あたしをまっすぐに見つめる翔くんの真剣な瞳。
「なんで、無理して笑うんだ？」
　　あたしは顔をそむける。
「……無理なんかしてないよ」
　　翔くんに気づかれたくなかった。
　　どうして、わかっちゃうの……？
「葉月、なんかあった？」
　　いつもの優しい声で、彼は聞く。
　　あたしが顔をそむけたまま黙っていると、彼は言った。
「……言いたくなかったら、言わなくていいよ」
　　翔くんは、あたしの腕を離した。
　　きっと、彼を不安にさせている。
　　結局あたしは、彼を傷つけてしまうんだね。
「また連絡する」
　　そう言って翔くんは、先に歩きだした。
　　あたしはその場に立ち尽くしたまま、遠ざかっていく彼の背中を見つめる。
「待って！」
　　あたしの大きな声に、翔くんは立ち止まって振り返った。
　　あたしは翔くんのところに走っていく。
「どした？　葉月……」
　　自分の胸もとをぎゅっとつかんで、翔くんの目を見た。

「昨日の夜、大輔から連絡が来たの」
「……そっか」
「逢いたいって……そうメッセージが来て、そのあと電話もかかってきたの。でも返信もしてないし、電話も出てないから」
「俺が送ったメッセージは見た？」
「あ……うん」

　大輔のことで動揺したあたしは、翔くんにもメッセージを返していなかった。

　最低だ、あたし。
「ごめんね。メッセージを返さなかったこと怒ってる？」
「怒るわけないよ」
「これまでどおり翔くんと過ごしたい。だから大輔のことを話すべきなのか、あたしわからなくて……」

　翔くんは、あたしを抱きしめた。
「話してくれて、ありがと」

　彼は優しく耳もとでささやいた。
「ううん」

　あたしは彼の胸で目をつぶり、背中に腕をまわす。

　いつもはふわっと包みこむようにあたしを抱きしめるのに、いまはぎゅっときつくあたしを抱きしめる。
「葉月……どこにも行かないで」

　彼の不安げな声に、胸が締めつけられる。
「行かないよ。どこにも」

　翔くんのそばにいる。

いつも自分のことよりも、あたしの気持ちを考えてくれる翔くん。
　そんな優しい彼の本音を、初めて聞いた気がした。
「葉月と付き合うとき、大輔のこと忘れなくていいって言ったのに俺……なに言ってんだろ」
「ううん」
「葉月に嘘つかせてごめんな」
「嘘なんて、あたし……」
「逢いたいって言われて、本当は大輔のこと気になってるだろ？」
　翔くんは、あたしの体をゆっくりと離した。
「逢ってきたら？」
「え……？」
「もう一度、大輔に逢ってさ……これから葉月がどうしたいか決めてほしい」
「翔くん……」
　翔くんとちゃんと向き合うためにも、あたしは大輔に逢ったほうがいいのかもしれない。
　このまま逢わずにいたら、いつか大輔のことを忘れられると思っていたのに、昨夜あのメッセージが来た。
　一睡もできなかった。
　翔くんの言うとおり、本当は気になってしかたがない。
　大輔が、あたしに逢いたいと言った理由……。
　大輔がいま、どうしているのかも。
「あたし……逢ってくる」

翔くんは、あたしの頭をそっとなでた。
「俺は、葉月のこと待ってる」
　あたしがどんな答えを出しても、きっと翔くんはうなずいてくれる。
　だけど、できれば自分の気持ちにけじめをつけたい。
　大輔を、ちゃんと"過去"にしたい。
　そして……翔くんのところに帰りたい。
「ありがとう、翔くん……。本当にごめんね」
「気をつけてな」
　彼の優しい笑顔に、あたしはうなずく。
　その場に翔くんを残して、あたしは駅に向かって走りだした。

再会

　彼はもう、あたしの知っている彼ではなかった——。

　あたしは電車に乗り、大輔のいる町に向かっていた。
　行き方は、前に一度だけ地図で調べたことがあった。
　大輔が学校をやめたあと、すぐのことだったと思う。
　そのときは、あまりの遠さに落ちこんだ。
　それに、住んでいる町と最寄りの駅しかわからない。
　向こうの駅についたら、大輔に電話をしようと思う。
　翔くんと話したあと、制服姿のまま勢いで電車に乗ってしまった。
　カバンの中には、教科書やノート、お財布やケータイなど、普段学校に持っていくものしか入っていない。
　交通費も往復でかなりかかると思うけど、親からお小遣いをもらったばかりで、お金の心配はなさそうだった。
　そのとき、ケータイにメッセージが届いた。

FROM　夏帆
＊＊＊＊＊＊＊＊＊＊＊＊＊＊＊
葉月、学校休み？
翔とラブラブ中とか？
＊＊＊＊＊＊＊＊＊＊＊＊＊＊＊

夏帆にはまだ話せない。
もし話したら、夏帆に嫌われてしまうような気がして怖かった。
裏切るような真似して、本当にごめん……。

TO　夏帆
＊＊＊＊＊＊＊＊＊＊＊＊＊＊＊
今日は学校休む。
理由は今度ちゃんと話すから。
ごめんね、夏帆。
＊＊＊＊＊＊＊＊＊＊＊＊＊＊＊

　夏帆にメッセージを送ったあと、電車の窓にもたれて流れる景色をボーッと見ていた。
　大輔のいる町まで、あと何時間かかるかわからない。
　大輔に逢いに行って、大輔と話をして、あたしは今日中に帰ってこられるだろうか。
　だけど、引き返さない。
　大輔に逢いに行くと決めたから、もう迷わない。
　ケータイにメッセージが届く。
　翔くんからだった。

FROM　翔くん
＊＊＊＊＊＊＊＊＊＊＊＊＊＊＊
ついたら、連絡くれよ？

無事かどうか、心配だから。
＊＊＊＊＊＊＊＊＊＊＊＊＊＊＊

　傷つけたのに、こうして心配をして連絡をくれる。
　翔くんの優しさが、苦しい。

　目的地の駅についたのは、午後3時過ぎだった。
　無事に駅についたことを翔くんにメッセージをして、あたしは駅の改札を出る。
　前に大輔が話していたとおり、すぐそばに海が見えた。
　穏やかな波の音が聞こえてくる。
　あたしは海辺に向かって歩きだした。
　澄んだ青い空。
　太陽の光を浴びてキラキラと輝く青い海。
　この町の空は、あたしの住んでいる町よりもずっと広く感じる。
　ここが、大輔と彼女の住む町なんだ。
　砂浜に座ったあたしは、ケータイを取りだした。
　空を見上げて、大きく息を吐きだす。
　緊張しながらも、大輔に電話をかける。
　……つながらない。
　大輔に電話して、この砂浜に来てもらうつもりだった。
　そのあとも大輔に電話をかけ続けたけれど、ケータイの電源が入っていないのか、つながることはなかった。
　砂浜にあお向けで寝転んだあたしは、途方に暮れる。

ねぇ、大輔。
　やっぱりあたしたちは、こういう運命なんだね。
　すれちがったまま、きっともう逢えない。
　空を見つめると、あの日の大輔を思いだす。
『なんか空見てるとさ……元気になるんだ、俺』
　ふたりで午後の授業をサボって、学校の屋上から空を見上げていたあの日。
『空はどこまでも続いてるじゃん？　どんなに遠くにいてもさ、同じ空を見上げてるんだよな』
　砂をつかんだあたしは、空につぶやいた。
「このまま帰れないよ……」
　大輔に逢わないまま帰ることなんてできない。
　あたしは大輔をさがすことにした。

　海辺から離れて、歩きまわること30分。
　コンビニを見つけたあたしは店内に入り、レジにいた男性店員に話しかける。
「あの……すみません」
「はい」
「人をさがしているんですけど……この人、見たことないですか？」
　あたしはケータイに入っていた大輔の写真を、店員に見せる。
「う〜ん、わからないです」
「そうですか……。わかりました」

そのあとも通りがかりの人や、さまざまな店の店員に大輔の写真を見せて聞いてまわったけど、大輔を知っている人はいなかった。
　あたりはすっかり暗くなってしまった。
　夜空の下、あてもなく歩きまわる。
　どうしよう……。
　帰りの電車の時間もあるし、今日はあきらめて駅に向かうべきかな。
　その場に立ち止まったあたしは、ケータイに入っている大輔の写真を見つめる。
　大輔……どうして電話に出ないの？
　いま、どこにいるの？
「んだよ、だりぃな～」
　誰かの声がして顔を上げると、前からガラの悪い４人の男たちが歩いてくる。
　地元の若いヤンキーたちだろう。
　関わらないように急いで行こうとすると、彼らに声をかけられる。
「ねぇ！　ひとり？」
　まわりを見ても、あたし以外に誰もいない。
　いますぐ全力で走って逃げるべきか。
　それとも適当に彼らと会話して、隙を見て逃げるか。
　どうするか考えているうちに、彼らはあたしのところにやってきた。
「見かけない制服だな。どこの高校？」

「あの、えっと……」
　あたしは怖くて、手に持っていたケータイを地面に落としてしまった。
　ケータイを拾おうとすると、先に彼らに拾われてしまう。
　すると、ケータイの画面を見た彼らは言った。
「あれ？　これって……大輔じゃね？」
「ホントだ」
「大輔のこと知ってるんですかっ!?」
　つい大きな声を出してしまった。
「大輔がどこにいるか、知りませんか!?」
　思いがけないところで、大輔のことを知っている人たちに出逢えた。
「大輔の友達？」
「元クラスメイトなんですけど、大輔に電話かけてもつながらなくて……」
「大輔の家、ここから歩いて10分くらいだけど」
「教えてくださいっ」
　彼らは、大輔の家までの道のりを丁寧に教えてくれた。
「ありがとうございました。ホントに助かりました！」
　彼らに頭を下げてお礼を言うと、彼らは手を振りながら去っていった。
「あの人たち……見た目ヤンキーで怖かったけど、普通に優しい人たちだったな……」
　ひとりごとを言いながら、あたしは彼らに教わった道を歩いていく。

大輔に、やっと逢えるんだ……。
　それから10分ほど歩くと、古い２階建てのアパートが見えてきた。
「ここだ……」
　アパートの階段を上がり、いちばん奥の部屋の前に立つ。
　彼らの話では、ここが大輔の家だという。
　やっとここに辿りつくことができた。
　一度、大きく息を吐きだして、心を落ちつかせる。
　緊張しながらも、あたしはドアを軽く叩いた。
　しばらく待っていても、中から誰も出てこない。
　再びドアをコンコンと叩く。
　どうやら誰もいないみたい……。
　やっと大輔の家を見つけられたのに、逢えなかった。
　もし大輔じゃなくて、彼女が出てきたらどうしようという不安もあったけど、結局誰も出てこなかった。
　あきらめるしかないあたしは、階段でアパートの下に下りていく。
　すると、上からドアが開いた音がして、２階を見上げた。
　ドアが開いたのは、大輔の部屋だった。
「またね、大輔」
　大輔の部屋から出てきたのは、20代後半くらいの服装の派手な女性だった。
　その女性は、クラブやスナックで働いているような雰囲気の格好だった。
　誰だろう。

見た目からして、大輔の彼女ではない。
　ものかげに隠れて様子を見つめていると、女性はアパートから帰っていった。
　あたしはもう一度、大輔の部屋に向かう。
　ドアの前に立ち、コンコンとドアを叩いた。
　誰も出てこなくて、何度もドアを叩く。
　中に、いるはずなのに。
「大輔」
　ドアの前から呼びかける。
　すると、ドアがゆっくりと開いた。
「葉月……？」
　やっと……逢えた。
「どうしてここに……？」
　あたしを見て驚いた表情のままの大輔。
「大輔に、逢いにきたの」
「よくここがわかったな」
　そう言って大輔は、あたしから目をそらした。
　なんだか大輔の雰囲気が前とちがう。
　笑顔もないし、冷めた瞳。
「大輔、少し話せる……？」
「上がれば？」
　あたしは部屋の中に入った。
　部屋の中に彼女がいる様子はなく、少しホッとした。
　さっきの派手な女性のことも気になるけど、なにから話せばいいのか……。

ワンルームの部屋に、ベッドと小さなテーブルだけが置かれていた。
　あたしが床に座ると、大輔はベッドの上に座る。
「大輔、元気にしてた？」
「うん、まぁ」
　そっけない答え。
　逢いたいってメッセージを送ってきたのは、大輔なのに。
　床にあった封筒が目に入る。
　封筒から見えている何十枚もの１万円札。
「この大金、どうしたの……？」
「葉月には関係ねぇだろ」
　大輔は大金の入った封筒を、ベッドの下に隠した。
　まさか怪しいお金じゃないよね？
　さっきこの部屋から出てきた女性の香りなのか、香水の匂いが部屋に残っている。
「この部屋から出てきた女の人、誰なの？」
「見たのか？」
「すれちがったっていうか……」
「べつに誰だっていいだろ」
　封筒に入った大金。
　部屋から出てきた派手な女性。
　部屋に残る香水の香り。
　大輔と女性の関係は、どんな関係なんだろう。
「もしかして封筒の大金……さっきの女の人からもらったの？」

あたしはジッと大輔の顔を見つめる。
「だったら、なに？」
大輔は面倒くさそうに冷たく答えた。
あの大金は、女性からもらったものだった。
いったい、あの女性と大輔はどんな関係なの？
答えをはぐらかされても、気になってしかたがない。
「あんな大金、あの人からもらう理由ってなに？」
「だから何度も言うけど、葉月に関係ねぇだろ」
テーブルの上には、灰皿とたばこの吸い殻があった。
大輔、前はたばこなんて吸わなかった。
たばこ吸うようになったの……？
ちがう。
大輔は、たばこなんて吸う人じゃない。
まだたばこを吸っていい年齢じゃないし、悪いことはしない人だもん。
きっと、さっきの女性が吸ったものだ。
まわりを見ても、たばこの箱も見当たらないし、あるのは灰皿と吸い殻だけ。
あたしは、大輔のこと信じる……信じたい。
だからもう、なにも聞かない。
大輔から逢いたいとメッセージが来て、大輔のことが気になって、翔くんのことを傷つけてまでここに来たけど、やっぱり逢わないほうがよかったのかもしれない。
いま目の前にいる大輔は、あたしが知っているあの頃の大輔とちがう。

人は変わる。
　大輔も変わってしまった気がする。
　いまの大輔に、あたしがずっと抱えてきた気持ちを話せるような雰囲気でもない。
　いったいあたしは、なにをしに来たんだろう。
「あたし帰るね」
　立ち上がって行こうとすると、ベッドの上に座っていた大輔に腕をつかまれる。
「どうやって帰るの？」
「電車だけど……」
「いまから帰っても、途中で電車なくなる」
　大輔はあたしの腕を引き寄せると、あたしを抱きしめた。
「……大輔？」
「泊まっていけよ」
「でも……大輔の彼女は？」
　大輔はあたしをベッドの上に押し倒した。
　あたしの上に覆いかぶさった大輔は、あたしの両手首をつかんであたしを動けなくする。
　目の前には、あたしをジッと見つめる大輔の顔があった。
「どうして、こんなことするの……？」
　大輔はキスであたしの口をふさいだ。
「……んっ……っ」
　息もできないくらい激しいキスをされる。
　こんなことしちゃ、ダメなのに。
　ダメなのに……。

何度も何度もキスをされて、そのうちなにも考えられなくなってくる。
「葉月……っ」
　そのまま制服を脱がされて、大輔はあたしの首筋や体中にキスをする。
「やっ……」
「俺を見て」
　大輔はあたしの髪をなでた。
　どうしてそんなに悲しい瞳をしてるの……？
　涙があふれてくる。
　あたしの手に、大きな大輔の手が重なる。
　それからまた何度もキスをして……あたしは大輔に抱かれた。

謝罪

　いつ眠ったのかわからない。
　目を覚ますと、ベッドの中で大輔に抱きしめられていた。
　大輔はまだ寝ている。
　窓の外は明るくなっていて、朝だとわかった。
　結局、大輔の家に泊まってしまった。
　帰ろうとして大輔の腕をほどこうとすると、大輔の手首に傷があった。
　どうして……？
　まさか死のうとしたの……？
　手首の傷を見つめたまま、泣きそうになった。
　逢わないあいだ、大輔になにがあったんだろう。
　彼女とは、どうなったのかも聞けなかった。
　昨夜は、どうしてあたしを抱いたんだろう。
　もう、なにもわからない。
　あたしはベッドから下りて、床に落ちていた服を着る。
　カバンを取ろうとすると、ベッドの下に薬が落ちていた。
　そばには、心療内科と書いてある薬の袋もあった。
　ベッドの上に座ったあたしは、しばらく大輔の寝顔を見ていた。
　彼女と暮らすためにこの町に来て、幸せに過ごしていると思っていた。
　あたしに逢いたいと思ったのは、どうして？

あたしは寝ている彼の髪に、指先で触れる。
　あたしにメッセージを送ってきたのも、あたしを抱いたのも……きっと寂しかったんだろう。
　大輔に、なにがあったのかわからない。
　けれど昨日の彼の様子だと、あたしにはなにも話してくれない気がした。
　封筒の大金のことも、部屋に来ていた女性のことも、ちゃんと説明してくれなかった。
　いまの大輔に、あたしはなにもしてあげられない。
　寝ている大輔を起こさないように、あたしは静かに家を出た。
　涙が頬を伝って落ちていく。
　もうここに来ることはないと思う。
　大輔に逢うのも、これで最後にする。
　アパートの階段を下りて、あたしは駅に向かった。
　朝焼けが、悲しいほど綺麗だった。

　あたしは駅のそばの海辺を歩いていた。
　時刻表を見たら、しばらく電車が来ないことがわかり、近くで時間をつぶしていた。
　穏やかな波の音に誘われて、波打ち際まで歩いていく。
　寄せては返す波が、あたしの足をさらおうとする。
　その場に立ちつくすあたしは、大輔との思い出を振り返っていた。
　あの頃にはもう戻れない。

一緒に笑って、いつもそばにいたあの頃……。
　そのとき、波の音にまじってあたしの名前を呼ぶ声が聞こえた。
「葉月」
　振り返ると、彼が立っていた。
　優しく微笑む翔くん。
「ど、どうして翔くんがここにいるの？」
「駅の前で葉月のこと待っていたら、海のほうに歩いていく葉月の姿が見えたから」
「そうじゃなくて……」
「どうして葉月を迎えに来たかって？」
　あたしはうなずく。
「やっぱり心配でさ。遠いのに葉月ひとりで行かせちゃったし」
　翔くんの優しさに、胸がぎゅっと締めつけられる。
「無事についたって葉月がメッセージくれたから、どこの駅かもわかったしさ。昨日、学校早退して急いでここに向かったんだ」
「何時にここについたの？」
「タクシーですっとばしてきたから、夕方の６時くらいだったかな」
「タクシー！？」
「うん」
「こんな長距離を走ってきたら、金額すごいことになったんじゃ……」

「まあ、電車で行くより早くつくと思ったから」
　あたしなんかのために、わざわざタクシーでここまで来るなんて……。
「昨日ここについてから、どうしてたの？」
「葉月と帰ろうと思って、駅で待ってた」
「待ってたって……ずっと？　いままで？」
「終電が終わってからは駅舎で寝てたけどな」
「すれちがいになるとは思わなかったの？」
「見かけない制服だから駅員の人が葉月のこと覚えててさ。俺が駅についたとき、まだ帰りの電車には乗ってないって聞いたから」
　夜遅くになっても戻らないあたしに、どうして電話しなかったの？
　どんな気持ちで、あたしを待っていたの？
　朝までどこにいたのか聞かないの？
　どうして大輔と一緒にいたのか聞かないの？
「帰ろう？　葉月」
　泣きだすあたしを、翔くんは抱きしめてくれた。
　翔くんの背中に手をまわして、彼の服をぎゅっとつかむ。
「大丈夫？」
　泣きながらうなずく。
「ごめんね……待たせて……」
「俺が勝手に待ってただけだから」
「本当にごめんなさい」
「帰ろうか、俺たちの町に」

「うん……」
　彼はあたしの頭をぽんぽんと優しく叩いた。
　ありがとう……翔くん。

　それから電車に乗った翔くんとあたしは、見慣れた景色が広がる自分たちの町に戻ってきた。
「葉月っ」
　駅の改札を出ると、夏帆が待っていた。
　夏帆はぎゅっとあたしに抱きつく。
「心配したんだからね」
「ごめんね、夏帆……。でも、どうしてここに？」
　夏帆はあたしの体を離す。
「翔から連絡もらった」
　横にいた翔くんと目を合わせる。
「桜木大輔のとこに行ったんだって？」
　胸がズキンと痛む。
「うん……ごめんね。夏帆には帰ってきたら、ちゃんと話すつもりだった」
「葉月……泣いてるの……？」
「大輔には、もぉ逢わないから……」
「わかったから泣かないのっ」
「夏帆のことも裏切ることになって、ごめんなさい」
「いいから、今日は帰ってゆっくり休みな。話はまた今度ゆっくり聞くから」
「うん……」

「これだけは忘れないで。葉月のこと、なにがあっても嫌いになったりしないから」
「夏帆……」
「葉月に幸せになってほしいだけ。ただそれだけだよ」
　大輔に逢いに行ったことを知られたら、夏帆に嫌われてしまうかもしれないと思った。
　帰ってきたらちゃんと話そうと思っていたけど、本当は夏帆のことを失いそうで怖かった。
　でも夏帆は、あたしのことをいつも真剣に考えてくれた。
　話を聞いてくれて、翔くんのことを紹介してくれて、応援してくれた。
　ときには、叱ってくれた。
　それもすべて、あたしのことを大切に想ってくれているからだ。
　あたしの幸せを心から願ってくれている。
　夏帆と友達になれて、あたしは幸せだ。
「それから、葉月の親には夏帆の家に泊まったことにしておいたから。話ちゃんと合わせてね？」
「本当にありがと」
　夏帆は笑顔でうなずく。
　隣にいた翔くんが、あたしの手をにぎりしめた。
「家まで送ってく」
「うん」
　駅前で夏帆と別れ、翔くんと家の方向に歩いていく。
　つないだ手を強くにぎりしめる翔くん。

ちゃんと話さなきゃいけない。
　大輔となにがあったのか。
「翔くん、あのね……」
「いいよ」
「え？」
「無理に話さなくていいよ」
「大輔となにがあったか聞かないの？」
「さっき葉月が夏帆に言った言葉を……俺も信じるから」
　さっき、夏帆に言った言葉……。
『大輔には、もぉ逢わないから……』
　翔くんは立ち止まると、あたしと向かい合った。
　つないだ手を引き寄せると、あたしを抱きしめる。
「もう二度と離さない」
　翔くん……。
「絶対に幸せにするから。葉月のこと、たくさん笑わせるから」
　痛いほど伝わってくる、翔くんの想い。
　今朝、あたしを迎えにきてくれたときに思った。
　もう二度と傷つけてはいけない。
　こんなに優しい人は、どこさがしてもいない。
　翔くんのそばにいる。
　これからもずっと。

　家に帰ると、疲れが一気にきたのか、あたしはベッドに倒れこんだ。

夏帆がアリバイを作ってくれたおかげで、無断外泊も親に怒られずにすんだ。
　このまま目を閉じて眠ろうとしたとき、ケータイにメッセージが届く。
　……大輔からだった。

FROM　桜木大輔
＊＊＊＊＊＊＊＊＊＊＊＊＊＊＊
ごめん。
葉月のこと傷つけるつもりは、
なかったんだ。
許してほしい。
俺は、葉月が好きだ。
＊＊＊＊＊＊＊＊＊＊＊＊＊＊＊

　最後の一文を見て驚いた。
　いまさらどうして……？
　わけわかんない。
　どうして好きなんていうの……？
　もう戻れない。
　いまのあたしに、大輔を選ぶことはできない。
　あたしたちは、最初からすれちがっていた。
　きっと、そういう運命だったんだよ。

第3章

◊

何度も傷ついて、何度もすれちがった。
それでも、逢いたいと願ってしまった——。

過去

傷や痛みを胸にしまい、過去の恋にする。
それが、運命だと受け入れる。

大輔のアパートに行った日から、2ヶ月がたっていた。
大輔からは、あのメッセージを最後に連絡はない。
あれから穏やかな日々を過ごしていた。
朝、学校に行こうと家を出ると、うちの前に翔くんが立っていた。
「おはよ、葉月」
「おはよ」
歩きだそうとすると、翔くんはあたしを抱きしめる。
「あの、翔くん……家の前で恥ずかしいよ」
「少しだけ」
翔くんはぎゅうっと強く抱きしめたあと、あたしの体を離した。
「今日、ユージも予定ないって言ってたし、4人でどっか行こっか」
「うん、行くっ」
「夏帆と相談して、どこに行くか決めておいて？」
「オッケー」
あいかわらず4人で過ごす時間が多かった。

放課後、あたしたち4人は、ショッピングモールにいた。
　いろんなショップを見ながら、ブラブラしている。
　クレープ屋さんの前を通りかかったとき、大輔と前にここへ来たことを思いだした。
　大輔が彼女にあげる誕生日プレゼントを一緒に買いに来たときだ。
「葉月？　どした？」
　隣にいた翔くんが、あたしの顔をのぞきこむ。
「クレープ食べたい？」
「ううん、食べたくないっ」
「でも見てなかった？」
「全然見てないよ。それより夏帆たちどこに行った？」
「マイペースだよな、あいつら」
　いつのまにか夏帆とユージくんがいなくなっていた。
　キョロキョロとまわりを見ながら翔くんと歩いていく。
　夏帆たち、どこに行ったんだろう。
「あ、いた」
　夏帆たちを見つけて、翔くんと歩いていく。
　アパレルショップで、夏帆がワンピースを鏡で合わせていた。
「どう？　ユージ。似合う？」
「いいじゃん」
「買っちゃおっかな」
「買ってやるよ」
　ユージくんは、夏帆からワンピースを取りあげて、レジ

に持っていく。
「いいよぉ。自分で買うから」
　夏帆はユージくんのあとを追いかける。
「バイト代も入ったし」
「じゃあ、ユージの服もなんか選んで？　夏帆が買うから」
「夏帆が選んでくれよ」
「いいよ！　任せてっ」
　夏帆はユージくんの腕にしがみつく。
　ユージくんと夏帆は、いつもどおりラブラブだった。
　そんなラブラブなふたりを見ていて、前から疑問に思っていたことを、ふと思いだした。
　あたしは、隣でＴシャツを見ていた翔くんに話しかける。
「ねぇ、翔くん」
「ん？」
「なんで夏帆って、学校にいるときとユージくんといるときの雰囲気がちがうのかな？」
「好きな人の前では、かわいくいたいとかじゃなくて？」
「ユージくんへの態度と同じとまではいかなくても、学校の男子にはとくに冷たいからね。あんなにツンツンしなくてもいいのにって思う」
　すると、翔くんがボソッと言った。
「夏帆も、いろいろあったからな……」
「いろいろって……？」
「夏帆から中学時代のこと聞いてない？」
　あたしはコクリとうなずく。

「夏帆は高校でもモテるんだろ?」
「うん。校内一の美少女だからね」
　でも、夏帆の性格がサバサバしていて男子に冷たいのもあって、男子たちも夏帆に軽い態度では近づいてこない。
「中学でも夏帆はモテてた。先輩からも後輩からも人気あったし、たまに他校の生徒がうちの学校まで来て告るくらい」
「モテモテだね」
「でも……中学2年のときだったかな。まわりの女子が、夏帆のこといじめるようになってさ。まぁ、ひがみだな」
「夏帆がいじめにあっていたの?　そんな……」
　全然知らなかった。
　夏帆が過去にいじめにあっていたなんて……。
「それから夏帆は変わったよ。まわりに冷たい態度とるようになった。男子にはとくにな」
　つらい経験が、夏帆のことを変えてしまったんだね。
「夏帆がいまのようになってから、いじめはなくなった。夏帆が冷たくするから男も近づかなくなったし。でもユージはずっと夏帆を想ってた」
「そっか……そうだったんだ」
「まぁ、ユージも最初は冷たくされていたけど」
「ユージくんの前では、夏帆も本当の自分でいられるんだね」
「甘えられる相手でもあるし、自分のこと全部知ってる相手だからな」
　服を見ながら笑い合う夏帆とユージくん。

そんなふたりを見て、翔くんは微笑んでいた。
「夏帆が幸せになってよかったよ」
　そうつぶやいた翔くんの笑顔を見て、あたしは思った。
　もしかして翔くんは昔、夏帆のことを好きだったのかもしれない。

　それから１週間後。
　授業中、あたしは教室の窓から空をボーッと見ていた。
　晴れて穏やかな午後。
　青い空に、わたあめのような白い雲が浮かんでいる。
　このあいだショッピングモールに行ったときから、なんとなく翔くんと夏帆のことが気になっていた。
　もちろん夏帆とユージくんはラブラブで、翔くんは変わらずあたしに優しい。
　でも昔、翔くんは夏帆を好きで、ユージくんと夏帆が付き合ったから夏帆をあきらめたのかもしれないと思うと、翔くんは本当にあたしのことを好きなのか、不安になってくる。
　あたしも最初、大輔を忘れるために翔くんを好きになろうとした。
　翔くんも夏帆のことを忘れるために、あたしを好きになったのかもしれない。
　でも翔くんは、あたしにひとめぼれしたと前に言ってくれた。
　あたしもそれを信じたい……信じたいのに。

自分の中で、どんどん勝手に想像がふくらんでしまう。
そのとき、ケータイに夏帆からメッセージが届いた。

FROM　夏帆
＊＊＊＊＊＊＊＊＊＊＊＊＊＊＊
翔が熱でぶっ倒れたらしいよ。
葉月、お見舞い行く？
＊＊＊＊＊＊＊＊＊＊＊＊＊＊＊

　翔くんが熱で倒れた……？
　心配でたまらないのと同時に、胸がズキンと痛んだ。
　翔くんの彼女は、あたしなのに……。
　どうしてあたしより夏帆のほうが、翔くんのことを知っているんだろう。
　翔くんからは、なにも連絡が来てない。
　熱で倒れたことも聞いてない。
　なんでこんな気持ちになるんだろう。
　胸の中がモヤモヤする。

TO　夏帆
＊＊＊＊＊＊＊＊＊＊＊＊＊＊＊
ごめん、夏帆。
あたし今日は行けない。
＊＊＊＊＊＊＊＊＊＊＊＊＊＊＊

夏帆に返信した。
　こんな気持ちになる自分に、イライラする。
　授業終了のチャイムが鳴り、先生は教室を出ていった。
「葉月」
　夏帆があたしの席にやってくる。
「今日なにか予定あるの？」
「あ……うん」
　嘘をついてしまった。
「翔くん大丈夫なのかな。熱で倒れたなんて……」
「大げさに言ってるだけだと思うよ。家で休んでるみたい」
「そうなんだ」
　やっぱり夏帆のほうが翔くんのことに詳しい。
「葉月が来なきゃ、翔のやつ寂しがるんじゃない？」
「そうかな？　熱があるなら誰にも逢いたくないかもしれないし」
　つい冷たい言い方をしてしまった。
　夏帆にこんな態度をとるなんて、最低だ。
「葉月……もしかして翔となにかあった？」
「なにもないよ」
　あたしは夏帆から目をそらした。
「葉月？　なんかヘンだよ？」
　自分でも思う。
　なんで、こんなに面倒くさい性格なんだろう。
　翔くんのいちばん近くにいる女の子は、夏帆じゃなくてあたしがいい。

「ごめん、今日は帰るね」
　カバンを持ったあたしは、夏帆をその場に残して教室を出ていく。
「ちょっと、葉月っ！　待ってよ」
　夏帆はなにも悪くない。翔くんだって悪くない。
　だけど頭ではわかっていても、モヤモヤしてしまう。
　夏帆にひどいことを言う前に、帰りたい。
　階段を下りる途中で、担任とぶつかった。
「木下、帰るのか？　帰りのホームルームまだ終わってないぞ」
「すいません、具合が悪くて」
「大丈夫か？」
「先に帰ります」
　担任に頭を下げて、あたしは階段を下りていった。
　学校からの帰り道を歩きながら、翔くんに電話をかけようか悩んでいた。
　具合、大丈夫かな。
　でもどうして翔くんはあたしになにも言ってくれないんだろう。
　どうして夏帆にだけ連絡したの？
　寂しいし、悲しかった。
　綺麗な空なのに、心がどんよりと重い。
　ため息をついたあたしは、ケータイをスカートのポケットにしまった。
　道を歩いている途中で、あたしは足を止める。

公園では小学生の子どもたちが、元気に遊んでいた。
　そんな子どもたちをベンチに座って見ているのは、彼だった。
　どうしてここにいるの？
　驚いたあたしは、その場から動けなくなる。
　動揺する心を落ちつかせるかのように、あたしは胸もとをぎゅっとつかんだ。
　すると、彼があたしに気づく。
　ベンチから立ち上がった彼は、あたしのところに向かって歩いてくる。
「葉月」
　目の前に彼が立っても、まだ信じられないでいる。
「大輔……」
　大輔がどうしてここにいるの？
「葉月のこと、待ってた」
　そう言って大輔は、あたしをまっすぐに見つめる。
「少し話せる？」
　あたしは小さくうなずいた。
　大輔は再びベンチのほうへ戻っていく。
　あたしは大輔のあとを追いかけるけど、まだ動揺はおさまらない。
　ふたりで公園のベンチに座る。
「葉月がせっかく逢いに来てくれたのに、俺……ひどいことしてごめん」
　一瞬、昔の大輔と重なった。

２ヶ月前に逢ったときとはちがう、あたしが大好きだった頃の大輔に雰囲気がなんとなく戻った気がした。
「葉月のこと傷つけた」
「もういいよ。あたしは大丈夫だから」
「ちゃんと話したい」
「なにを？」
「いままでのこととか、いろいろ……」
「聞きたくない」
「葉月」
「ごめんね、なにも聞きたくない」
　そう言うと、大輔はとても悲しい瞳をした。
　また心が乱されそうで怖い。
　大輔になにがあったのか、いままでのことを知りたくて、２ヶ月前に大輔のところへ逢いにいった。
　でも、あの日で終わりにしたの。
　あの朝、翔くんが迎えに来てくれた。
　夏帆も、あたしを心配して待っていてくれた。
　大切な人たちをもう二度と、裏切りたくない。
「俺は葉月に逢いたくて……」
「やめてよ……」
「俺は、葉月が好きだから」
　あたしは大輔から顔をそむける。
　胸が張り裂けそうだった。
　どうしてあたしを苦しめるの……？
"俺は葉月が好きだ"

大輔がくれた最後のメッセージにも書いてあった。
「あたしのことが好きって……彼女は？」
「……別れた」
「高校までやめて彼女のところに行ったのに、そんな簡単に別れたんだね」
　ひどい言い方をしてしまい、言ったあとすぐに後悔した。
「葉月の言うとおりだよ」
　もう傷つきたくないし、大輔のことも傷つけたくない。
「あたし……いま、付き合ってる人がいるの」
　黙りこむ大輔をまっすぐに見つめる。
「だからもう……逢いに来ないで」
「俺……葉月がそばにいてくれたら、やり直せる気がした。勝手なことばかり言ってごめん」
「あたしは、大輔のそばにいてあげられない」
「うん……わかった」
　なんでこんなにせつなくなるのか、わからない。
　大輔は、あたしを残して帰っていく。
　あたしはベンチに座ったまま、大輔のうしろ姿を見つめていた。
　高校１年のとき、大輔が学校をやめたあの日を思いださせる、夕日に照らされたオレンジ色の背中。
　もう終わったことだと思っていたけど、やっと終わりにできたのかもしれない。
　これで本当に最後。
　あたしが最後に言うべきこと、なにかなかった？

大輔にずっと言いたかったこと。
　言えずに後悔したこと。
　いまはもう、大輔の顔を見て伝えることはできないけど、最後に……。
　大輔の姿が見えなくなり、涙が頬を伝う。

TO　桜木大輔
＊＊＊＊＊＊＊＊＊＊＊＊＊＊＊
大輔のこと、好きだった。
ずっと大好きだったよ。
さよなら。
＊＊＊＊＊＊＊＊＊＊＊＊＊＊＊

　そうメッセージを作ったけど、あたしがそのメッセージを大輔に送ることはなかった。

発覚

　幸せは、どうして続かないのだろう──。

　大輔と別れたあと、あたしは翔くんの家の前に立っていた。
　翔くんの優しい笑顔が見たい。
　翔くんに抱きしめてほしい。
　彼にどうしても逢いたかった。
　大きな門の横にあるインターホンを押す。
　しばらくして玄関のドアが開いた。
　翔くんの家から出てきたのは、夏帆だった。
「葉月」
　夏帆の顔を見た瞬間、あたしは思いだした。
　翔くんが熱を出して家で休んでいることを、すっかり忘れていた。
　最低だ。
　あたしは本当に自分のことしか考えていないのだと、つくづく思う。
「翔の様子、見に来たの？」
「あ、うん」
「そっか。今日の葉月、なんかヘンだったから心配してたんだ」
「ごめんね、夏帆」

「大丈夫？　顔色が悪い気がするけど」
「平気。翔くんはどう？」
「あ、早く上がって上がって」
　夏帆はあたしの手を引いて、家の中に入れた。
「翔、葉月が来てくれて喜ぶよっ」
　夏帆のあとをついていき、翔くんの部屋に入る。
　翔くんは、ベッドの上で眠っていた。
「さっき薬飲んだから寝ちゃったみたいだね。翔、葉月が来てくれたよ」
「起こさなくていいよ」
　あたしはあわてて夏帆を止めた。
「ま、そのうち起きるか。葉月、なに飲む？」
「え？」
「ジュースでいい？　持ってくるね」
　夏帆はそう言って翔くんの部屋を出ていった。
　夏帆と翔くんは中学も同じで、あたしが翔くんと付き合う前から友達で、翔くんの家のこともよく知っている。
　それはわかっているけど、あの日ショッピングモールで、翔くんが夏帆を見つめて微笑むのを見てしまってから、どうしても気になってしまう。
　翔くんの気持ちを疑いたくないけど、夏帆はあたしよりも翔くんの近くにいる。
　あたしはきっと、翔くんのいちばん近くにいたいんだ。
　夏帆がジュースの入ったコップを持って、部屋に戻ってきた。

「はいっ、葉月。オレンジジュースでよかった？」
「……うん、ありがとう」
　夏帆とあたしはソファに座った。
　ジュースをひと口飲んだあたしは、夏帆にたずねる。
「今日、ユージくんは？」
　いつもベッタリ一緒にいるのに、どうして今日は一緒じゃないんだろう。
「ユージは今日バイトだよ」
「そうなんだ」
　じゃあ、あたしが来るまで、夏帆はこの部屋で翔くんとずっとふたりきりだったんだ……。
　嫉妬なんてしたくないのに、モヤモヤした気持ちになってしまう。
「夏帆はそろそろ帰るね」
「えっ……？」
「葉月も来たことだし帰ってもいいでしょ？　翔の家族、ほとんど家に帰ってこないからさ。そばにいてあげてね」
「え、ちょっと……」
「目が覚めたとき、夏帆がいるよりも葉月ひとりがいてくれたほうが、翔も100倍うれしいだろうしさ。じゃねっ」
　夏帆はそのまま帰ってしまった。
　あたしはベッドのそばに立ち、寝ている翔くんの顔を見つめる。
　翔くん……なんで熱が出て具合悪いこと、あたしに教えてくれなかったの？

翔くんのいちばん近くにいたいよ。
　あたしは翔くんの頭を優しくなでた。
「あれ……葉月……？」
「翔くん、大丈夫？」
　翔くんは目を覚まして、ボーッとした顔であたしを見つめる。
「夢……か……？」
「夢じゃないよ？」
　あたしの言葉に、翔くんは目を大きく開けた。
「な、なんで葉月が!?」
「夏帆だと思った？」
「えっ？　あ、そういえば夏帆が来てて……どこ行った？」
「さっき帰ったよ」
「帰ったのか、そっか」
「なんで熱が出たこと教えてくれなかったの？」
「それは……葉月に心配かけたくなくて」
「心配したいよ」
　あたしはベッドの上に座り、翔くんの手をにぎる。
「ありがとう、葉月」
　翔くんは起き上がって、あたしを抱きしめる。
「目が覚めて、葉月がいてうれしかった」
　あたしは彼の背中に手をまわした。
「ホントに？」
「うん」
「ホントにホント？」

「うん。なんでそんな何回も聞くんだ？」
「翔くん、あたしのこと好き？」
「好き。あたりまえじゃん」
「夏帆のことは？　好き？」
　思わず、聞いてしまった。
　翔くんはあたしの体を離す。
「夏帆？」
「うん」
「友達として好きだけど……なんで？」
　あたしがうつむいて黙りこむと、翔くんはあたしの顔をのぞきこむ。
「葉月？　どした？」
「なんかね、翔くんの夏帆を思う気持ちが、友達以上に感じたの。もしかして夏帆のこと、昔好きだった？」
「俺が？　夏帆を？」
「うん……」
　翔くんはいきなり笑いだした。
「そんな笑うこと？」
「ないない。なんか俺、葉月に誤解させるようなことした？」
「そうじゃないけど、一度そう思ったら、どんどんそう思えてきて……」
「夏帆もユージも、俺の大事な友達だよ。ふたりには結婚してほしいって思うし、幸せになってほしい」
　翔くんのこと、信じていいの？
「葉月がヤキモチやいてくれたなんて、うれしすぎ」

「ヤキモチじゃない」
「ちがうの？」
「ヤキモチかも……」
「葉月がかわいすぎて笑い止まんない」
「本気で悩んでたんだから」
「夏帆もユージも、このこと聞いたらたぶん大爆笑だぞ」
「お願いだから言わないで。夏帆にも冷たくしちゃったし」
「葉月らしくないじゃん」
　あたしは翔くんに抱きつく。
「ごめんなさい」
「いいよ。おかげで早く元気になれそう」
「翔くんのいじわる」
　体を離して、あたしは頬をふくらませる。
　彼は優しく微笑んだ。
「俺は葉月だけだよ」
「うん」
「これからもずっと」
　翔くんにもう一度抱きついた。
　やっと安心できた気がする。
　あたしも、翔くんのそばにいたい。
「翔くん、やっぱりまだ体熱いね」
　彼の熱が、あたしの体にも伝わってくる。
「葉月に風邪うつしたらごめん」
「いいよ。うつしても」
「そんなのダメに決まってるじゃん」

「でも翔くんのそばにいたい。離れたくない」
「そんなこと言われたら、余計に熱上がりそう」
「え!?　ごめん」
　翔くんはあたしをベッドに上に倒して、キスをする。
「好きだよ」
「あたしも……好きだよ」
　翔くんが、いとおしい。
　何度もキスをして、抱きしめ合った。
　このままずっと、そばにいたい。
　そう願ったのに。
　幸せは、どうして続かないのだろう。
　その意味を知ったのは、このあとだった——。

　カーテンの隙間から、白い光が部屋に差しこむ朝。
　目を覚ますと、あたしの隣で寝息を立てている翔くん。
　昨夜は翔くんの部屋に泊まり、ベッドで朝まで一緒に眠った。
　翔くんの前髪にそっと触れる。
「ふふっ、かわいい寝顔……」
「……んっ」
「ごめん、起こしちゃった」
「ううん」
　あたしは翔くんのおでこに手をあてた。
「翔くん、熱下がったみたいだね。よかったぁ」
「葉月にうつしてないよな？」

「平気、平気！　あたし、元気だけが取り柄だからっ」
　翔くんは、あたしをぎゅっと抱きしめる。
「葉月と離れたくない」
「でも、学校行かないと……」
　翔くんはあたしの頭にキスをした。
「学校終わったら、またうちに来てくれる？」
「うん。翔くんはゆっくり休んでね」
「わかった。待ってる」
　翔くんを好きになって、よかった。
　いま幸せかと聞かれたら、笑顔でうなずける。
　ずっとこの幸せが続いてほしい。
「……っ」
　ベッドから下りると、突然めまいがした。
「葉月!?」
　床にしゃがみこんだあたしの顔を、彼はのぞきこむ。
「どうしたんだ？」
　翔くんは心配そうな顔であたしを見つめる。
「なんか、急にふらふらってして……」
「やっぱり俺の風邪うつしたんじゃ……」
「そんなことないよ……うっ……」
　吐き気がして、口もとを手で押さえる。
　どうしたんだろう、あたし……。
「葉月っ」
　ここ最近、やけにイライラしていた。
　なんとなく体にだるさがあった。

睡眠時間も足りているはずなのに、昼間も眠くてしかたがなかった。
「ごめん、翔くん。もう平気」
　ゆっくりと立ち上がったあたしは、カバンを持って部屋を出ようとする。
「送っていくよ」
「翔くんは熱下がったばかりだから安静にしてて」
「でも心配だし」
「本当に大丈夫！　じゃ帰るね」
　あたしは無理やり笑顔を作って、翔くんの部屋を出た。
　もしかしてあたし……嘘でしょ……？
　そんなはずないよね？
　翔くんの家を飛びだして、あたしは走っていく。
「……どうしよう」
　唇が震える。
　おかしいと思っていた。
　先月、生理がこなかった。
　今月も生理の予定日を過ぎている。
　だけど、もともとあたしは生理不順で、3ヶ月くらい生理がこなかったこともある。
　だけど、最近の体調を考えてみても、やっぱりおかしい。
　近くのドラッグストアで、あたしは妊娠検査薬を買った。
　そのまま公園のトイレに入って、検査薬を使う。
　さっきから、何度もケータイが鳴っている。
　翔くんからの着信だった。

きっと、あんなふうに家を出ていったから心配している
はず。
　　　早く結果を知って、翔くんに言いたかった。
　　　ただの風邪だよって、体調が悪かっただけだって。
　　　ゆっくりと目を開ける。
　　　結果ははっきりと出ていた。
「嘘でしょ……？」
　　　涙がこみあげてくる。
　　　あたし……妊娠したの……？
　　　どうしよう。
　　　誰に言えばいいの？
　　　親？
　　　それとも夏帆？
　　　あたしまだ、17歳の高校生なのに……。
　　　怖いよ。
　　　怖くてたまらない。
　　　さっきからずっと鳴り続けているケータイ。
　　　あたしは電話に出た。
「……翔くん」
『もしもし？　葉月？　いまどこ？』
「翔くん……ごめんね……」
　　　泣いちゃダメ……。
　　　あたしに涙を流す資格なんてないのに……それでも涙が
止まらない。
『なんで謝るんだ？　具合は大丈夫なのか？』

あたしの心配ばかりする、優しい翔くん。
　　自分のことよりも、あたしを大切にしてくれる翔くん。
　　翔くんみたいな人は、どこにもいない。
　　ずっと、これからも翔くんと一緒にいたかった。
「翔くん……あたし、妊娠したみたい………」
　　ケータイを持つ手が震える。
「……ううっ……ひっく……ごめんなさい……」
『……誰の子？』
　　ケータイから聞こえてきた翔くんの冷たい声。
「ごめんね」
『誰の子だって聞いてるんだよ』
　　ただ謝ることしかできない。
　　あたしは、どれだけ翔くんを傷つけてしまったんだろう。
『俺は葉月のこと信じてた』
　　翔くん、ごめんね。
　　本当にごめんなさい。
　　そして、電話は勝手に切れた。
　　翔くんが誰の子かと聞いた。
　　当然だった。
　　翔くんとあたしは、そういう行為をしていない。
　　昨日も何度もキスをして、隣で眠っていただけ。
　　思いあたるのは、ただひとつ。
　　約２ヶ月前、大輔に逢いに行ったときだ。
　　あの夜、あたしは大輔に抱かれた。
『俺は葉月のこと信じてた』

きっと、軽蔑された。
あんなに冷たい翔くんの声も、初めて聞いた。
あたしはまた、彼を深く傷つけてしまった。
　あのとき、大輔に逢いに行ったことを、あらためて後悔した。

命

　この命を守りたい。
　それが、17歳のあたしが決めた答えだった。
　たとえまわりに反対されたとしても、守りたい。
　この命だけは――。

　あれから３日がたった。
　翔くんからの連絡はない。
　大輔に逢いに行ったときのことを、翔くんにちゃんと話しておけばよかった？
　それでも、翔くんを裏切ったことに変わりはない。
　あたしは自分の部屋に閉じこもっていた。
　ちゃんと考えなくちゃいけない。
　お腹にいる赤ちゃんのこと。
　翔くんのこと。
　赤ちゃんの父親である大輔のことも。
　でも、実感がわかない。
　このお腹に赤ちゃんがいるなんて、いまも信じられない。
　頭がぐちゃぐちゃで、どうにかなりそう。
「葉月？　夏帆だけど……入るよ？」
　あたしの部屋に、夏帆がやってきた。
「夏帆」
　夏帆は優しく微笑み、あたしの前に座った。

「心配したよ？　電話も出ないし、メッセージも返ってこないし、学校にも来ないんだもん」
「夏帆……あたし、どうしたらいい？」
　夏帆の顔を見たら、また涙があふれてきた。
「どうしたの？　なにがあったの？　昼間なのにカーテンまで閉めて……」
「……ううっ……ひっく……」
「葉月……」
　夏帆に、妊娠したことを話した。
　泣いているあたしの頭をなでながら、話を聞いてくれた。
「桜木大輔……あいつ、最低だね」
「あたしが悪いの。夏帆のことも翔くんのことも裏切って、あの日あたしが大輔に逢いにいったから……」
「葉月はあのときまだ桜木大輔のことが好きだったんでしょ？　翔もわかっていたと思う。だから葉月のこと迎えに行ったんだよ」
「翔くんは、あたしのこと大切にしてくれた」
　あたしのことを愛してくれた。
「あたしも、その気持ちに応（こた）えたかった」
「葉月、もしかして……産むつもりなの？」
　あたしはうなずく。
「ねぇ、簡単なことじゃないんだよ？　子どもを産むって、きっとあたしたち高校生には想像もつかないくらい、大変なことだよ？」
「うん」

「産むだけじゃない。育てなきゃいけないの！　その子の未来を背負っていくことが、どんなに大変なことなのか、葉月わかってる？」

　そのとき、部屋のドアを誰かがノックした。

　返事をすると、ドアが開く。

　そこには、翔くんが立っていた。

「葉月のお母さんが部屋にいるって言うから。夏帆も来てたんだな」

「うん……じゃあ夏帆、帰るね」

　夏帆は気を利かせてくれたのか、あわてて帰ろうとする。

「葉月、また連絡してね」

「うん」

　夏帆が部屋を出ていき、翔くんとふたりきりになった。

「連絡もしないで、急に来てごめんな」

「ううん」

　沈黙が流れる。

　下を向くあたしは、顔を上げることができなかった。

「この前は、ごめんな」

　先に沈黙をやぶった翔くんは、あたしの前に座った。

「なんで翔くんが謝るの……？　悪いのはあたしなのに」

　胸が苦しくて、どうしようもない。

「あのとき……だよな？　葉月が大輔に逢いに行った日」

　あたしは下を向いたまま、うなずく。

「俺、この前は動揺して……葉月が他の男と浮気したんだと思った。そんなこと、するわけないよな」

「同じことだよ。大輔に逢いに行ったときも、あたしは翔くんと付き合ってたんだから」
「あれは、俺が行けって言ったようなものだから」
「それでも、あたしが悪いの」
　あのとき、逃げようと思えば逃げられた。
　それでもあたしは、大輔に抱かれたんだ。
「そんなに自分のこと責めんなよ」
　翔くんはあたしを抱きしめる。
　あたしは抵抗して体を離そうとするけど、翔くんはあたしを強く抱きしめた。
「産む気なのか？」
　あたしは彼の腕の中でうなずく。
　綺麗ごとだけでは産めないこともわかってる。
　いまの生活からも大きく変わってしまう。
　夏帆が言っていたように、きっと想像もできないほど大変なはず。
　でも、この子の命を奪うなんて考えられない。
　だってもう、あたしのお腹の中でちゃんと生きてる。
「俺が父親になるよ」
　あたしは翔くんの体を離した。
「なに言ってるの？」
「俺が、この子の父親になる」
「もうやめて……そんなこと言わないでよ」
「俺は葉月が好きなんだ。そばにいたい」
　あたしは首を横に振る。

「すべて受け止めるよ。だから、俺……その子の父親になりたい」

　この腕の中にいられたら、きっと幸せになれる。

　でも、あたしはもう決めた。

　この子の命を守りたい。

　この命を、いちばんに考えたい。

「幸せにする。葉月とお腹の子を絶対に幸せにするから」

　涙が止まらなかった。

　こんなに優しくて純粋な人を傷つけてしまったことを、後悔してる。

　翔くんとは一緒にいられない。

「……ごめんなさい」

「葉月」

「翔くん、いままで本当にありがとう」

　あたしを好きになってくれて、ありがとう。

　優しくしてくれて、ありがとう。

　何万回ありがとうと言っても、足りないよ。

「翔くんには、幸せになってほしい」

「葉月の気持ちが変わることはないのか？」

「うん」

　心から祈ってる。

　あたしが傷つけてしまった分も、翔くんには絶対幸せになってほしい。

「わかった」

「本当にごめんなさい」

翔くんは、あたしの頬をなでて微笑む。
　彼の目には涙がたまっていた。
「がんばれ」
　そうひと言残して、翔くんは部屋を出ていった——。

逢いたい

　何度も傷ついて。
　何度もすれちがって。
　それでもあたしは、彼を忘れられなかった。
　逢いたいと願ってしまったんだ――。

　翔くんと別れて、1ヶ月が過ぎた。
　そして、いつまでも黙っているわけにはいかず、親に妊娠したことを話した。
　お腹の子の父親は妊娠も知らず、どこにいるかわからないと嘘をついた。
　ママは泣いていた。
　パパは初め、怒りがおさまらないようだった。
　けれど、ふたりともあたしが子どもを産むことには反対しなかった。
「本当にお腹の子の父親は、翔くんじゃないのね？」
　ママはあたしにたずねた。
　ママは、翔くんとあたしが付き合っていたことを知っていたし、妊娠した時期からしても翔くんの子どもだと思うのが当然だ。
「本当に翔くんじゃないの……翔くんのことも傷つけちゃった」
「パパは相手の男を許せない！　いったい誰なんだ!?」

普段は穏やかな性格のパパが声を荒げた。
「そうよ。行方がわからないなんて、ママも許せないわ。葉月につらい思いさせて、絶対に許せないわよ」
　あたしは自分の胸もとをぎゅっとつかんだ。
「パパ、ママ……あたし、翔くんと付き合う前にね、すごく大好きな人がいたの……」
　パパとママは、真剣にあたしの話を聞いてくれた。
「最初から叶わない恋だってわかってた。でもね、あんなに誰かを好きになったのは生まれて初めてだったの」
　毎日が楽しくて、一緒にいられるだけでうれしかった。
　たくさん傷ついたし、悲しいこともあった。
　だけど、あたしに恋を教えてくれた人。
「本当に大好きだったの。それに、あたしにも責任はあるから。彼がすべて悪いわけじゃないよ」
「葉月、父親がいなくても産みたいのか？」
「うん……産みたい……」
　すると、パパは言った。
「子どもを育てる覚悟はあるのか？」
「はい」
　産婦人科でお腹の赤ちゃんのエコー写真をもらって帰ってきたとき、その写真をずっと眺めていた。
　すごく、すごく小さいけれど、ちゃんと命があった。
　この命を死なせること、あたしにはできない。
「エコー写真を見たとき、この子に早く逢いたいって思ったの」

安心して、生まれてきてほしい。
「この子のためなら、どんなことも耐えられる」
　生まれてくる赤ちゃんを、たくさん愛してあげたい。
　命は、この世界でいちばん大切なもの。
　この小さな命を守りたい。
「葉月がそこまで言うなら、パパもママも協力する。葉月のことも、お腹の子のことも支えていくよ。だから安心して、産みなさい」
「ありがとぉ……パパ、ママ……」
　ママは、泣きだしたあたしを抱きしめてくれた。
「今日でママに甘えるのは最後よ？」
　あたしはママの胸でうなずく。
　大好きなママとパパ。
　ふたりの子どもに生まれて、本当によかった。
　ふたりがあたしを愛してくれたように、あたしも赤ちゃんを愛したい。

　それからあたしは、学校をやめた。
　けれど、夏帆は変わらず友達でいてくれた。
「男の子かなぁ？　女の子かなぁ？」
　夏帆があたしの部屋に来て、名前辞典を眺めている。
「夏帆……」
「ん？」
「あたし、たまに不安になるの……」
　夏帆は本を閉じて、あたしの顔を見た。

「話して?」
「このまま大輔になにも言わずに、この子を産んでもいいのかなって」
「桜木大輔に連絡してみたら? いまさらもう気持ち隠さなくていいよ」
「夏帆……」
「いまでも忘れられないんでしょ? 桜木大輔のこと好きなんでしょ? 葉月にこれ以上、後悔してほしくない」
　夏帆はそっと、あたしを抱きしめる。
「葉月に赤ちゃんができたのも、ふたりが結ばれる運命だったのかも」
　運命……。
「桜木大輔に、逢いたい……?」
「夏帆……あたし、大輔に逢いたい……」
　心の奥にしまっていた気持ちを口に出した途端、涙が一気にあふれだした。

TO　桜木大輔
＊＊＊＊＊＊＊＊＊＊＊＊＊＊
大輔……突然ごめんなさい。
大事な話があるの。
連絡ください。
葉月
＊＊＊＊＊＊＊＊＊＊＊＊＊＊

大輔に、ただ知ってほしい。
　あたしたちのあいだに赤ちゃんがいること。
　かけがえのないたったひとつの命が、この世界に生まれてくることを——。

　そして、次の日も、3日たっても……大輔からメッセージは来なかった。

TO　桜木大輔
＊＊＊＊＊＊＊＊＊＊＊＊＊＊＊
もう二度と後悔したくない。
大輔が好きです。
大輔に逢いたい。
＊＊＊＊＊＊＊＊＊＊＊＊＊＊＊

　あたしはもう一度メッセージを送った。
　あの日のように、冷たくされてもかまわない。
　突き放されてもかまわない。
　ただ、顔を見て、ちゃんと伝えたい。
　あたしの想い。
　あたしたちの赤ちゃんのこと。
　これからのこと。
　わがままは、これで本当に最後にする。
　あたしは、大きなカバンに着替えをつめた。
　そしてリビングの食卓に、手紙を置いた。

パパ、ママへ。
2、3日で戻ります。
心配しないでください。

　ねぇ、赤ちゃん。
　ママと一緒に逢いに行こうね。
　あなたのパパに。
　ママの大切な人に。
　玄関を出ると、電信柱の前に彼が立っていた。
「翔くん」
「ひさしぶり」
「うん、ひさしぶり」
　もう逢えないと思っていた。
「その大きなカバン、なに？」
　カバンを持つ手に力が入る。
「もしかして……大輔に逢いにいくのか……？」
　あたしは目をそらして、うなずいた。
「やっぱりそうか。何日か前に、夏帆から電話で聞いた。葉月が大輔に逢いたがってること」
「……あたし、行くね」
　あたしは、そのまま翔くんの前を通りすぎていく。
　すると、うしろから翔くんがあたしを抱きしめた。
「行かせない」

「離して」
「離さない」
「どうして？」
「葉月、行くな」
　あたしが翔くんの腕をほどこうとすると、彼は言った。
「大輔は、もういない」
　いま……なんて言ったの？
「いないって、どういうこと……？　どうして翔くんが知ってるの？」
　あたしは翔くんの腕をほどいて、彼と向かい合う。
「男として責任とれって大輔に言うつもりだった。だから大輔のこと、さがした。勝手なことして本当にごめん」
「さがすって……翔くんは大輔の顔もなにも知らないでしょ？　いったいどうやって……」
「夏帆に協力してもらって、大輔の写真も預かった」
「それで……？」
「あのとき、葉月を迎えに行った駅に行った。いろんな人に聞きまわって、住んでいたアパートも見つけたけど……大輔はいなかった」
「たまたま部屋にいなかっただけでしょ？　大輔が帰ってくるまで、あたし待つから」
「どうしても行くのか？」
　あたしがうなずくと、翔くんは言った。
「お腹に赤ちゃんがいるのに無理するなよ。また、傷ついてもいいのか？」

「あたしは大輔に伝えたいだけ……。逢ってちゃんと話したい。あたしたちの赤ちゃんがお腹にいること」
「……いくら止めても、気持ちは変わらないんだな？」
「ごめんなさい」
「それなら、俺も一緒に行く」
「え……？　翔くんがどうして……」
「大輔の居場所、知ってるから」
「知ってるの？　だって、アパートにはいなかったんでしょ？」
「いなかったよ。でも、大輔に逢った」
「大輔、いまどこにいるの？」
「葉月……つらいことがあっても受け入れる覚悟はあるか？」
「どういう意味……？」
「それが逢いに行く条件だ。どうする？　覚悟はあるか？」
「……うん」
　翔くんの言葉の意味がわからなくて、一瞬戸惑った。
　でも大輔に逢えるなら、どんなにつらいことがあっても逢いに行く。
「それと、もうひとつ。電車じゃなくてタクシーで行く。目的地までかなり遠いし、葉月の体調とお腹の子のことも考えないと」
「わかった……タクシーで行く。翔くんに迷惑かけちゃうけどいいの？」
「気にしなくていいから。カバン貸して」

翔くんはあたしの大きなカバンを持つと、ケータイでタクシーを１台呼んだ。
　しばらくしてタクシーがやってくると、あたしたちは後部座席に乗りこむ。
　翔くんが運転手に告げた行き先は、大輔が住む町の駅だった。
「向こうにつくまで、葉月は寝てな」
「平気だよ」
「眠たそうな顔してるぞ。ちゃんと寝てるのか？」
「寝てるけど、どんなに寝ても眠くて……」
「ついたら起こすよ」
「うん……ありがとう」
　窓の外をボーッと見ているうちに、あたしは眠ってしまった。
　夢を見た。
　綺麗な青い空を大輔と手をつないで見ている夢だった。
　大輔の笑顔。
　大輔の笑い声。
　大輔の隣で、あたしも笑ってる……。
　再び目が覚めたときには、知らない町をタクシーで走っていた。
　翔くんが告げた目的地は、たしか駅だったはず……。
　だけどタクシーは、海岸のそばにある駐車場に止まった。
「葉月、降りるぞ」
「う、うん……」

ここは、どこ……？
　タクシーを降りると、そこは広い駐車場だった。
　近くに海があり、穏やかな波の音が聞こえる。
　そして、その駐車場は、大きな病院の前にあった。
「大輔……ここにいるの……？」
「うん」
「なんで病院に……？」
「行こう」
　翔くんと一緒に、病院の中へ入っていく。

空白の時間

　ここに来る前に、翔くんは言った。
『つらいことがあっても受け入れる覚悟はあるか？』
　翔くんの言葉の意味が、ここに来てわかった。
　あたしは、翔くんのあとをついて病室の前にやってきた。
「大輔は、ここにいる」
　翔くんは、あたしの背中をそっと押した。
「入ろう、葉月……」
　病室のドアを開けると、ベッドの上に大輔は寝ていた。
「大輔っ」
　大輔の手や足には包帯が巻かれていて、頭や顔にもケガの手当をした痕があった。
「このケガどうしたの？　大輔ってばぁ……」
　眠っている大輔の体を揺すると、翔くんがあたしの腕をつかんでやめさせた。
「翔くん……大輔になにがあったの？」
　涙がこみあげてきて、声が震える。
「ひどいケガだよ？　大輔……眠ってるだけだよね……？」
　あたしは体の力が抜けてしまい、床に座りこむ。
「なんで黙ってるの？　なにか言ってよ、翔くん」
「葉月、じつは……」
　そのとき、病室のドアが開いた。
「だいすけ〜っ」

5歳くらいの男の子が、いきなり病室に入ってきた。
　その男の子はベッドの横に立って、大輔にニコニコ笑いかけている。
　誰なんだろう……この子……。
　そして、ひとりの女性が病室に入ってきた。
「あら、来てたのね」
「どうも」
　翔くんは、その女性に向かって頭を下げた。
　この女性、見覚えがある。
　前に大輔のアパートから出てきた派手な女性だ。
　なんでこの女性がここにいるんだろう。
　それにこの子は、誰なんだろう。
「そんなに、にらまないでよ」
　つい女性の顔をジッと見てしまった。
「すいません。あの、どなたですか？」
　あたしがたずねると、女性は言った。
「あたしは、香織。あんた、葉月って子でしょ？」
「はい……。どうしてあたしのことを？」
「大輔から、よく話を聞いていたからね」
　大輔が……？
「ママぁ～。お外で遊びた～い」
　この男の子は、香織さんの息子のようだ。
「イイ子にしてなきゃダメでしょ、大吾」
「は～い」
　すると、翔くんが男の子の手をにぎって微笑む。

ふたりの様子からして、翔くんとは以前にも逢ったことがありそうだ。
「俺、大吾くんと遊んでくるので、ふたりで話してください」
「わかったわ。大吾のことお願いね」
「はい」
　翔くんは、大吾くんを連れて病室を出ていった。
　香織さんはあいかわらず派手な服装で、メイクも濃く、香水の匂いを体中から漂わせている。
「座って」
「はい」
　香織さんは、あたしにイスを用意してくれた。
「香織さんて……大輔とはどういう関係なんですか？」
「どういう関係……？　まぁ、家族みたいなものね」
　家族みたいなもの……？
　だからアパートに出入りしてたの？
「大輔は、あなたにお金をもらってると言ってました」
「たしかにお金渡してるわよ。大輔の生活費」
　あの封筒のお金は生活費だったんだ。
「どうして大輔の生活費を香織さんが？」
「あたしと一緒に住んでいた父が、この町でラーメン屋をやっていたのよ。そこに大輔が住みこみで働きたいと言ってきたの。あたしが夜働きに出るから、大輔は大吾の面倒もよく見てくれていてね」
　香織さんは、あたしの知らない大輔の話をしてくれた。
「大輔がうちに住みこみで働くようになって３ヶ月が過ぎ

たくらいだったかしら……うちの父が亡くなってしまって店をたたむことになったのよ。それで大輔には、うちから出ていってもらうしかなくてね」
「それであのアパートに住んでいたんですね」
「大輔がここに来た頃、奈々っていう彼女がいたんだけど、知ってる?」
「はい」
「大輔にあとから聞いたんだけど、大輔がうちを出ていった頃に、彼女のお父さんが自殺したらしいの」
「自殺って……彼女のお父さんは病気だったんじゃ……」
　たしか脳梗塞で倒れて、ひとりになってしまった彼女を支えるために、大輔が働くと言ってこの町に来たはず。
「はじめは病気で入院していたみたいだけど、退院したあとに自殺してしまったと聞いたわ」
「それで……大輔と彼女はどうなったんですか?」
「大輔がうちを出ていくときに、次の仕事先が見つかるまでは家を借りるお金や当面の生活費も必要だろうと思って、父が残した遺産の一部を退職金として渡したの。でも彼女がその大金を持って、姿を消してしまったらしくて……」
「そんな……ひどすぎる……」
　大輔は、彼女のために高校までやめて、この町に来て働きだしたのに。
　大輔のお金を持っていなくなるなんて、どうしてそんなひどいことができたんだろう。

彼女は、大輔のこと愛してなかったの？
　彼女に裏切られて、どれだけつらかっただろう。
「彼女のせいでお金もなくなって、仕事先もなかなか見つからなくて、大輔は実家に戻ろうとしたらしいけど、親から縁を切られてしまったみたいね」
　大輔は、どこにも行く場所がなくなってしまったんだ。
「それから地元の不良たちとつるんで、荒れた生活をしていたみたい。でもある夜、あたしが働く店の裏に大輔が倒れていたのよ」
　お金もなくなって、働く先も見つからなくて、頼れる人もいなくて、どこにも居場所がなかった大輔。
　香織さんが大輔を助けてくれなかったら、いまごろ大輔はどうなっていたかわからない。
「精神的にもかなり弱っていたから、大輔を病院にしばらく通院させたの。薬をもらって眠れるようになったみたい」
　大輔の手首の傷あとも、ベッドの下にあった心療内科の薬も、大輔に逢ったときに感じた雰囲気の変化も、全部そういうことだったんだ。
「あたしが生活費を渡していたのは、大輔が元気になって働けるようになるまでの、ほんの少しのあいだだけよ。大輔も大吾の面倒見てくれたりして、だんだん以前の大輔に戻っていったわ」
　香織さんがいてくれて本当によかった。
「大輔の体調もよくなってきた頃、『葉月に逢いたい』って言ったの」

胸が張り裂けそうだった。
「大輔から葉月ちゃんの話を聞いたわ。逢いたいなら連絡してみたらって、あたしは言ったの。最初は大輔もためらっていたけど、連絡してみると言っていたわ」
　だから突然、大輔からあのメッセージが届いた。
"葉月、逢いたい……"
　あのメッセージをもらって、あたしは大輔に逢いに行ったけど、あの頃の大輔はまだ心が不安定だった。
　そして、あたしたちはまた、すれちがったんだ。
「葉月ちゃんに気持ちを伝えて、きっと人生をやり直したいって思ったんじゃないかな」
　大輔の苦しみに気づいてあげられなかった。
「あたし……大輔は彼女のことが本当に大好きだったから、この町で幸せに暮らしていると思っていたんです……」
「大輔は、彼女が姿を消す前から、すでに気持ちは冷めていたと思うわ」
「大輔がそう言っていたんですか……？」
「大輔がまだうちのラーメン屋で働いていたとき、休憩中に大輔が空を見上げていたの」
「空を？」
「そう。離れてから自分の気持ちに気づいたけど、彼女のことをひとりにできないって言ってた。この町に来てから、大輔はずっと葉月ちゃんを想っていたんじゃないかな」
　眠っている大輔の顔を見ながら、あたしは涙が止まらなかった。

大輔もあたしを想っていてくれたの……？
　大輔がいなくなってから、あたしはいつも空を見てた。
　同じ空の下で生きてる。
　大輔のところまで、空はつながっている。
　大輔もあたしと同じ空を見てる。
　そう思ったら、少しだけ元気になれた。
「大輔……」
　あたしは、目を閉じたままの大輔の頬にそっと触れる。
　ごめんね、大輔。
　大輔のことを信じてあげられなかった。
　傷つくのが怖かった。
　大輔に冷たくされて、あたしは逃げた。
　あのとき話だけでも聞いてあげればよかった。
　あたしの気持ちを、一度でもちゃんと伝えればよかった。
「葉月ちゃん、お腹に赤ちゃんがいるんだってね。大輔の子なんでしょ？」
「はい。翔くんから聞いたんですか？」
「翔が大輔をさがしてこの町に来たとき、大輔のアパートで逢ってね。それで翔を病院に連れてきたのよ」
「翔くんは、あたしのために大輔をさがしてくれたんです」
「翔はこの状態の大輔を見て、葉月ちゃんには知られたくないって言っていたけど、結局連れてきたのね」
「この状態って……」
「葉月ちゃん……大輔は、いつ目を覚ますかわからないの」
　それ……どういうこと……？

「いつ目を覚ますかわからないし、もしかしたら一生このまま目を覚まさないかもしれない……」
　目の前が真っ暗になった。
　怖くて手が震えだす。
「植物状態よ。意識が回復しないまま呼吸しているの」
「そんなの嘘でしょ？　嘘って言ってくださいっ」
「落ちついて、葉月ちゃん」
「落ちつけるわけないです、こんな……どぉして……」
「お腹の子のこと、考えて。冷静になって」
「……ううっ……はい……」
　信じたくない。
　いつ目を覚ますかわからないなんて嫌だよ。
　もしこのまま目を覚まさなかったらどうしよう。
　大輔の笑った顔が見たい。
　大きな笑い声が聞きたい。
　あたしの名前を呼んでよ。
　ねぇ……大輔……。
「香織さん……大輔はどうしてこんなことに……？」
「1ヶ月ほど前、事故に遭ったの」
　香織さんから事故の話を詳しく聞いた。
　トラックにひかれた大輔は、救急車で病院に搬送された。
　手足の骨折はあったものの、幸い内臓は無事だった。
　全身に負った傷のケガは、少しずつ回復しているという。
　ただ、頭部に損傷があり、それが原因で意識が戻らずまに至るという。

「いつ目を覚ますかわからないし、目を覚ましても、前のような大輔に戻れるかわからないわ。大輔のことは、あたしが世話するから」
「あたしに、なにができますか？」
「大輔がいなくても、ちゃんとお腹の子を育てなさい」
「あたし……大輔のそばにいたいです……」
「葉月ちゃんの気持ちはわかるけど、ここに葉月ちゃんがいてできることはなにもないわ」
「香織さんの言うとおりです、でも……そばにいたい……」
　大輔がつらいとき、そばにいてあげられなかった。
　だからもう離れたくない。
　必ず目を覚ますって、あたし信じてる。
　もう一度、笑顔の大輔に逢えるって信じてるから。
「大輔のことを忘れて生きていくことも、ひとつの道だからね？」
「そんなこと絶対にできません」
「大輔のことを愛しているなら、大輔の気持ちも考えてあげて。もし大輔がいまの状態を知ったら、自分のことは忘れて、葉月ちゃんには幸せに暮らしてほしいと思うかもしれない」
「もう後悔したくないんです。大輔のこと一生、好きでいます。だから……そんなこと言わないでください……」
「葉月ちゃんの気持ちはわかったから。これからのことは、帰ってゆっくり考えて」
「……はい」

大輔の手を、あたしは両手でそっとにぎりしめた。
　また、逢いにくるから。
　好きだよ、大輔。大好きだよ。
　だからお願い……目を覚まして。
　一緒に、空が見たいよ……。
　大輔の手を離し、あたしは涙をぬぐった。
「大輔のこと、よろしくお願いします」
　あたしは香織さんに頭を下げる。
　そのとき、翔くんと大吾くんが病室に戻ってきた。
「話は終わったのか？」
　あたしはうなずく。
　すると、香織さんはカバンから、ケータイを取りだした。
「これ、大輔のケータイよ。葉月ちゃんが持っていて」
「どうしてですか？」
「なにかあったら、そこに電話かけるから。それと……メモアプリに残ってたメッセージの下書き、見てあげて？」
「メッセージの下書きですか？」
「大輔が葉月ちゃんに送れなかった、たくさんのメッセージが残っているから」
「はい」
　香織さんからケータイを受け取り、あたしと翔くんは病室をあとにした。

恋文

　帰りのタクシーの中で、翔くんは眠っていた。
　あたしのために一緒に来てくれて、申し訳ない気持ちでいっぱいだった。
　あたしはカバンから大輔のケータイを出す。
　メモアプリに残っている、いくつものメッセージ。
　香織さんが言っていた、大輔があたしに送れなかったというメッセージを見ていく。

TO　葉月
＊＊＊＊＊＊＊＊＊＊＊＊＊＊＊
葉月、元気か？
この町に来て、1週間がたったよ。
ラーメン屋で、
住みこみで働かせてもらってる。
町は田舎で、空が広く感じるよ。
＊＊＊＊＊＊＊＊＊＊＊＊＊＊＊

TO　葉月
＊＊＊＊＊＊＊＊＊＊＊＊＊＊＊
お世話になってる、
ラーメン屋のおっちゃん。
すげぇイイ人なんだ。

俺の親父とは全然ちがう。
おっちゃんの娘さん。
香織さんもよくしてくれる。
香織さんの息子、大吾っていうんだ。
かわいくてさ。
俺、子どもが好きだから。
葉月は、元気にしてるのかな……。
＊＊＊＊＊＊＊＊＊＊＊＊＊＊

TO　葉月
＊＊＊＊＊＊＊＊＊＊＊＊＊＊
なんか最近、
葉月のことよく思いだす。
葉月の笑顔。葉月の笑い声。
夢にまで葉月が出てきて驚いた。
＊＊＊＊＊＊＊＊＊＊＊＊＊＊

　送られなかったメッセージには、大輔があの町に行ってからのことが、日記のように書かれていた。
　大輔があたしにメッセージを送れなかったのは、彼女と付き合っていたからだと思う。

TO　葉月
＊＊＊＊＊＊＊＊＊＊＊＊＊＊
奈々は、

俺の前で笑うことは、なくなった。
父親のことでつらい思いをしてる。
でも奈々は、
俺の心変わりにも、
気づいているのかもしれない……。
俺は……。
＊＊＊＊＊＊＊＊＊＊＊＊＊＊＊

TO　葉月
＊＊＊＊＊＊＊＊＊＊＊＊＊＊＊
奈々の父親が自殺した。
俺は奈々のそばにいる。
奈々のことを支えると、
あの日に決めたから。
もう後戻りはしない……。
＊＊＊＊＊＊＊＊＊＊＊＊＊＊＊

TO　葉月
＊＊＊＊＊＊＊＊＊＊＊＊＊＊＊
奈々が俺の前から消えた。
俺は心のどこかで、
ホッとしていた。
最低だ。
俺は奈々を傷つけた。
こんな俺が幸せになることは、

許されないよな。
葉月も、そう思うだろ？
＊＊＊＊＊＊＊＊＊＊＊＊＊＊＊

　そんなことない……。
　大輔……ごめんね。
　大輔の苦しみを気づいてあげられなかった。

TO　葉月
＊＊＊＊＊＊＊＊＊＊＊＊＊＊＊
葉月に逢いたくてたまらない。
奈々がいなくなって、
俺……この町にいる意味、
あるのかな。
実家に連絡して帰ろうかと思う。
そしたらまた葉月に会えるから。
＊＊＊＊＊＊＊＊＊＊＊＊＊＊＊

TO　葉月
＊＊＊＊＊＊＊＊＊＊＊＊＊＊＊
実家に連絡したら、
親父に縁を切られた。
おまえみたいな子は、
知らないってさ。
まぁ、あたりまえだよな。

勝手なことしたのは、俺だ。
でもいつかは許してくれる、
そう思ってた。
これから、どうすればいいんだろ。
葉月に逢いたい……。
＊＊＊＊＊＊＊＊＊＊＊＊＊＊＊

　いくつもの送られなかったメッセージを読んでいたら、涙が止まらなかった。
「……葉月？」
「ごめん……起こしちゃった……？」
　隣で寝ていた翔くんが目を覚ました。
「泣いてるのか……？」
「翔くん……連れてきてくれてありがとう」
「大丈夫か？　つらいだろ？」
「大丈夫」
　あたしは信じてる。
　このまま、あきらめたりしない。
　そして、最後のメッセージを読む。
　このメモが保存された日付は、大輔と最後に逢った日だ。
　大輔があたしに謝りに来た日。
　そのあとに書いたものだと思う。

TO　葉月
＊＊＊＊＊＊＊＊＊＊＊＊＊＊＊
葉月へ……。
いっぱい傷つけて、ごめん。
でも、最後に逢えてよかった。
これからまたがんばるよ、俺。
葉月、幸せにな。
俺はいつも、まちがってばかりだ。
後悔しても時間は戻らない。
でも、もし生まれ変わったら。
俺は、葉月と恋がしたい。
葉月を幸せにしたい。
ずっと、葉月と一緒にいたい……。
＊＊＊＊＊＊＊＊＊＊＊＊＊＊＊

　ねぇ、大輔。
　お願いだから、目を覚まして……。
　伝えたいことが、たくさんあるの。
　あたしたちの赤ちゃんのこと。
　あたしの想い。
　大輔に、好きって言いたい。
　ちゃんと大好きって伝えたい。
　あたしは、大輔のそばにいる。
　これからもずっと、そばにいるよ。

夜明け

　どんなに暗い夜でも、朝はやってくる。
　だから信じたい。
　奇跡を、信じたい——。

　ある夜、あたしは大輔の実家の前にいた。
　1年生のときのクラスメイトに連絡をして、大輔の実家を知っている人に住所を教えてもらった。
　インターホンを押すと、大輔のお母さんが出た。
「はい」
「夜分に申し訳ありません。木下葉月と申します」
「木下葉月さん？　どういうご用件でしょうか」
「大輔くんのことで、お話ししたいことがあります」
「大輔のことですか？　お待ちください」
　すぐに玄関のドアが開いて、大輔のお母さんが出てきた。
「こんばんは」
　あたしは深く頭を下げる。
「おうちに、大輔くんのお父さんもいらっしゃいますか？」
「ええ、いますけど」
「おふたりにお話ししたいことがあります」
　家に上がると、リビングに通される。
　大輔のお父さんは、ソファに座っていた。
「こんばんは」

あたしがお辞儀をすると、大輔のお父さんはジッとあたしの顔を見る。
「こんな夜に、なにかうちに用でも？」
　すると、大輔のお母さんがお茶を持ってきてくれた。
「大輔のことで、私たちに話があるそうです」
　そうお母さんが言うと、お父さんの顔色が変わった。
「大輔は、もううちの息子ではない」
「とりあえず話だけでも聞きましょうよ」
　お母さんは、ソファに座っているお父さんの隣に座った。
　お父さんは、床に正座しているあたしを険しい表情で見ている。
「突然で驚かれるかと思いますが……私のお腹には赤ちゃんがいます。大輔くんとのあいだにできた子です」
「なっ……」
「おふたりにも、この子を産むことを知っておいていただきたくて、今日ここに来ました」
「本当に大輔の子なのか？」
「え……？」
「最近の子は、平気で嘘をつくからな」
　お父さんの冷たい視線に、あたしはうつむいた。
「本当に大輔くんの子です」
「では、なんで大輔本人が一緒に来ないんだ？」
「大輔くんは……いま入院しています」
「大輔が？　どうして？」
　お母さんは、声を震わせる。

「事故に遭ったんです。いまも意識が戻りません。大輔くんのところに行ってあげてください。お願いします」
「どこの病院なの⁉」
「住所を書いた紙、いま出します」
　あたしがカバンの中に入れた紙をさがしていると、お父さんが言った。
「キミは、なにしにきたんだ？　金がほしいんだろ」
「ちがいますっ」
「大輔がそんな状態なら、子どもの父親だって本当かわからないじゃないか」
「あたしは、ひとりでもこの子を産んで育てます」
「冗談じゃない。金は出さないからな」
「お金はいりません。でも、この子を産むことは認めてください。どうか、お願いします」
　あたしはお父さんに向かって頭を下げた。
「帰ってくれ。キミと話すことはない」
　お父さんは、部屋を出ていってしまった。
　涙を流しているお母さんに、あたしは病院の住所を書いた紙を渡す。
「大輔くんのところに行ってあげてください」
　お母さんに頭を下げて、あたしは大輔の家をあとにした。

　次の日の朝、あたしはまた大輔の実家にやってきた。
　インターホンを押すと、休日だからか、お父さんが家から出てきた。

あたしは深くお辞儀をする。
「朝からなんだ？　今朝早くに妻は病院に向かったよ」
　大輔のお父さんは、険しい表情であたしを見る。
「私は息子を許さん。妻は勝手に息子のもとへ向かった。もうここに来ないでくれ」
「あのっ」
　お父さんは家の中に入ってしまった。
　でも、よかった。
　大輔、お母さんが逢いに来てくれるよ。
　あたしも大輔に逢いたい。
　そのままあたしは、電車に乗って大輔のもとへと向かうことにした。
　駅に向かう途中で、あたしは香織さんに電話をする。
「もしもし、香織さん？　今日、病院に大輔のお母さんが行くと思います」
『そう、わかった』
「あたしもいま、そっちに向かっているので……」
『え？　いまどこにいるの？』
「これから電車に乗ります」
『無理しちゃダメよ？』
「はい」
『あたしは仕事あるから、今日は病院に行けないけど』
「わかりました」
『とにかく気をつけてくるのよ？　自分の体、大事にね』
「はい」

電話を切って、あたしは駅に向かった。
香織さん……最初の印象とちがって、本当に優しい人だ。

大輔の病室に入ると、大輔のお母さんがいた。
今夜、お母さんは病室に泊まるという。
あたしも電車で長い時間をかけて帰ることになるため、今日は病院に泊まることにした。
お母さんは大輔の病室に、あたしは患者さんの家族が泊まれる別室で寝ることになった。
その夜、別室で寝ていたあたしは、夜中に目が覚める。
ノドが渇いてなにか飲み物を買いに行こうと、病院内にある自販機へ向かった。
夜中の病院は、とても静か。
ナースステーションにいた夜勤の看護士さんと目が合い、会釈(えしゃく)をする。
自販機で飲み物を買い、あたしは部屋に戻る前に、大輔の病室に向かった。
大輔のお母さん、病室で眠れているだろうか……。
あたしは、大輔の病室の前に立つ。
静かにドアを開けると、すすり泣く声が聞こえてきた。
「大輔……どうして……?」
大輔のお母さんの声だ。
「目を覚まして、大輔。お母さんの作ったご飯、食べてよ」
暗い病室の中、ベッドにもたれているお母さんのうしろ姿が見えた。

「大輔……ごめんね……」
　そして、信じられない光景が目に入ってきた。
「なにしてるんですか……？」
「はっ……」
　お母さんは、驚いた顔であたしを見る。
　お母さんは、大輔の顔に布をかぶせたまま手で押さえつけ、大輔の呼吸を止めようとしていた。
「やめてっ」
　あたしはお母さんの体をどけて、すぐに大輔の顔にかぶせられた布を取った。
「お母さんっ！」
「じゃましないでよ……大輔のためよ……」
　お母さんは、気が狂ったように大輔に話しかける。
「大輔……すぐにラクになるわ……お母さんも一緒に死んであげるから安心して……」
「やめて……大輔が死んじゃう……」
「……もう死んだも同然よぉ……ううっ……」
「生きてる……大輔はちゃんと生きてます」
　あたしの言葉を聞いたお母さんは、その場に崩れた。
「私ったらなにを……いったいなにを……」
　床にうずくまったお母さんは、声を上げて泣いていた。
　大輔は親に縁を切られたと聞いていたけど、大輔が家を出ていってからお母さんはずっと大輔のこと心配していたはず。
　子どものことを思わない親なんていない。

せめて元気でいてくれたらと、願っていたはず。
　こんなことになって、目を覚まさなかったらどうしようと不安になる。
　でも、あきらめたくない。
　あたしは信じてる。
　大輔が目を覚ましてくれることを、信じたい。
「大輔は、生きたがっていると思います」
　あたしは、大輔の頬を優しくなでる。
「ほら……ヒゲだって、生えてきてる。ちゃんと呼吸もしてる。いまこの瞬間も、大輔は生きてるんです」
　あたしは泣いているお母さんを抱きしめた。
「だからお願い……どんなにつらくても、お母さんもあきらめないでください。お願いします」
　窓の外が、うっすらと明るくなっていた。
　もうすぐ朝が来る。
　どんなに暗い夜でも、明けない夜はない。
　だから、あたしは信じたい。
　いつかこの先に、光があると——。

　それから、1ヶ月が過ぎた。
『葉月』
　……あたしを呼ぶ大輔の声がした。
　大輔の笑い声。
　大輔の笑顔。
　この笑顔が、本当に大好き。

大輔……。
　これが夢じゃなくて、現実ならどんなにいいか……。
　目を覚ますと、あたしはベッドにもたれて大輔の手をにぎっていた。
　いつのまに寝ちゃったんだろう……。
　大輔の頬をなでながら、笑いかける。
「また、大輔の夢見たよ……」
　あれから状況は変わっていない。
　大輔の意識は戻ることなく、眠り続けている。
「ちょっと、また来たの？」
　その声に病室の入口を見ると、香織さんと大吾くんが立っていた。
「こんにちは」
「よく来るわね、本当。大輔に逢いたいのはわかるけど、妊婦なんだから無理しちゃダメよ？」
「はい……すみません……」
　そのとき、大輔の手の指がかすかに動いた。
「大輔？　大輔っ」
　あたしは大輔に必死に話しかける。
「葉月ちゃん、どうしたの？」
「たしかにいま、にぎっていた大輔の手が動いたんです」
「え……？」
「大輔っ！　ねぇ、わかる!?」
　あたしと香織さんは、大輔の顔を見つめる。
　大輔の目が、ゆっくりと震えながら開いた。

「大輔……！」
　涙が頬を伝っていく。
「大輔っ」
「……は……っ……」
　大輔の口もとが、ゆっくりと動く。
「……づ……き……っ……」
「大輔……っ」
　あたしは大輔に抱きついた。
　本当によかった。
　目を覚ましてくれて、ありがとう。
　うれしくて、一生分泣くかもしれない。
　大輔にまた逢えた。
　あたしの名前を呼んでくれた。
　大輔に伝えたいこと、たくさんあるよ。
　大輔……これからもずっと一緒にいようね。

第4章

◊

あの頃のあたしたちが、思い出の中で笑ってる──。

永遠

　たとえば幸せが、シャボン玉のようにすぐ消えてしまうものだとしても。
　幸せを見つけられたことが、幸せなのかもしれない。
　たとえば誰かに、永遠なんてないと言われても。
　永遠を信じられることが、幸せなのかもしれない。

　あの日、意識を取り戻した大輔。
　それからの大輔は、周囲が驚くほど日ごとに目ざましい回復を見せていた。
　いまも病院でリハビリは続けているけど、大輔はあたしの住む町に戻ってきた。
　大輔は、まだお父さんと仲直りしていないみたいだけど、お母さんが大輔を連れて帰ってきた。
　この町でいちばん大きい病院に入院しながら、毎日リハビリを続けている。
　病院の中庭に、大輔の姿を見つけた。
「大輔っ」
　あたしは手を振りながら、大輔のところに向かう。
　大輔はあたしの姿を見て、優しい笑顔を見せた。
「今日もいい天気だね」
「あぁ」
　晴れた青い空を、ふたりで見上げることができる幸せ。

大輔が目を覚ましてから、たくさんの幸せに気づくことができた。
「葉月、なに持ってきたの？」
「じゃーん！　シャボン玉」
「葉月らしいな」
「あたしらしいってなによ？」
「かわいいな〜と思って」
「え？　もう1回言って？」
「聞こえてただろ？」
「何回聞いても、うれしい言葉だもん」
「かわいい、かわいい、かわいい……」
「早口言葉みたいに言わないでっ」
「あはっ」
　大輔を草の上に座らせて、あたしは空に向かってシャボン玉を吹いた。
「大輔もやる？」
「俺は見てるだけでいい」
「楽しいのに〜」
「俺たちの赤ちゃんも、いつかシャボン玉で遊ぶようになるのかな」
　早く生まれてきてほしい。
　あたしたちの赤ちゃんに、早く逢いたいな。
「ねぇ、パパ〜シャボン玉やって〜って言われたらどうするの？」
「もちろん、やるに決まってるだろ」

「ふふっ」
　シャボン玉を見て、大輔が微笑んでいる。
　この笑顔をずっと見ていたい。
「どした？　葉月」
「幸せだなーって思って」
「俺も」
　あたしはシャボン玉をベンチの上に置いて、座っている大輔にぎゅっと抱きついた。
「俺……生きててよかった」
「大輔……」
「何度も自分で死のうとして、事故で死にかけて、それでもいまは、死ななくてよかったって心から思う」
　いままでのことを思いだして、あたしは泣きそうになる。
「葉月がそばにいてくれて幸せだ」
　あたしたちが生まれてきたのも、生きるのも、愛するためだよ。
　愛を知るために、この世界に生まれてきた。
　大輔が、あたしの頬をきゅっとつねる。
「夢じゃないよな……？」
「夢じゃないよ」
　大輔は、両手であたしの顔を包みこむ。
「葉月……愛してる」
　涙がこぼれる。
「俺が18になったら、結婚しよ」
　大輔のまっすぐな瞳に、あたしはうなずいた。

「もう二度とつらい思いなんてさせない。大切にする」
　大輔は、あたしの左手を取る。
　そして、あたしの左の薬指にシロツメ草で作った指輪をはめた。
「退院したら、ちゃんと本物の指輪を渡すから待ってて」
「これで十分だよ？」
「花とって、茎丸めて結んだだけだぞ？」
「かわいいよ？」
「とにかく待ってろ」
「ふふっ、わかった。でも、花の指輪もありがとっ」
「葉月」
「ん？」
　指輪を見ていたあたしが顔を上げると、大輔はあたしにキスをした——。
　永遠を信じたこの日を。
　永遠を約束したこの日を。
　あたしは一生、忘れない。

　——大輔が目を覚まして、話せるようになったときのことを、あたしは思いだしていた。
『なんで……葉月がここに……？』
『大輔……』
『俺……夢でも見てるのかな……』
『ちがうよ。もういっぱい寝たでしょ？　このまま起きないかと思って心配したんだよ？』

『本当に葉月なのか……？』
　大輔はベッドに寝たまま、あたしに向かって手を伸ばす。
『やっと逢えたね、大輔』
　あたしは大輔の手をにぎりしめて微笑んだ。
『大輔のそばにいるよ』
　大輔の瞳から、涙がこぼれる。
『本当に俺のそばにいてくれるのか？』
　あたしは笑顔でうなずく。
『もう二度と離れないよ。好きだよ。大輔のこと、ずっと前から好きだった』
『葉月……。ありがと。俺も好きだ。大好きだ』
　やっと伝えられた。
　顔を見て、手をにぎって、好きだよって……。
『ずっと大輔の１番になりたかった。でも、もう２番でいいの』
『え……？』
『この子を、１番に愛してあげてほしいの』
　あたしは自分のお腹に、大輔の手をあてる。
『あたしたちの、かけがえのない宝物だよ』
『葉月……俺たちの子がお腹にいるのか？』
『うん』
『葉月のこと抱きしめたいから、来て』
　腕をゆっくりと広げた大輔に、あたしは抱きついた。
『うれしいよ、俺……すげぇうれしい』
『ありがとう、大輔』

『こんな幸せが待ってるなんて思わなかった』
　大輔も、あたしも、涙が止まらなかった。
『俺を幸せにしてくれて、ありがとう』
　あたしのほうこそ……ありがとう。
　そう言いたかったけど、泣いていたから言えなかった。
『これからは、俺が葉月を幸せにするから……』
『ん……』
　こんな幸せな日がやってくるなんて、あの頃のあたしたちには想像できなかった。
　だけど……。
　生きていれば、明日はやってくる。
　信じていれば、希望が見えてくる。
　あきらめなければ、答えを見つけられる。
　生きていれば、愛することができる。
　愛することで、幸せを見つけられる──。

アイリス

【大輔side】
　——それから、5年の月日が流れた。
　23歳、春。
「愛空(あいく)ー？　早くしないと保育園に遅刻するぞー？」
「はぁ〜い！　パパまって〜」
　俺と葉月のあいだに生まれた、かけがえのない命。
　娘の名前は、愛空という。
　愛空という名前にした理由のひとつは、葉月と俺が空を見るのが好きだったこと。
　もうひとつは、葉月と俺が離れていたとき、ふたりをつないでいたものが"空"だったからと、愛空が生まれる前から、葉月が名前を考えていた。
「忘れ物ないか？」
　玄関で俺は、愛空に靴を履かせる。
「うんっ」
　愛空は満面の笑みで、ピースをする。
「よし！　じゃあ走るぞ？」
「はしる〜」
「愛空、ママにいってきますって言ったか？」
「あっ……ママ〜！　いってきま〜すっ」
　愛空は、もうすぐ5歳になる。
　とてつもなく、かわいい。

俺の体はリハビリの経過もよく、後遺症もなくて、日常生活を送るには、とくに問題ないほど回復していた。
　そして俺は、ホームヘルパーの資格を取り、いまは近くの高齢者施設で働いている。
　介護の仕事は大変だけど、おじいさんやおばあさんの笑顔を見たり、ありがとうと言われると、この仕事をやっていてよかったと思う。
　休憩時間になってケータイを見ると、3通のメッセージが届いていた。

FROM　夏帆ちゃん
＊＊＊＊＊＊＊＊＊＊＊＊＊＊＊
大輔、おつかれ！
明日は、葉月の誕生日だね。
ユージと翔と3人で、
桜木宅へ夜7時に集合！
って、勝手に決めちゃったけど、
平気だよね？
＊＊＊＊＊＊＊＊＊＊＊＊＊＊＊

　1通目は、夏帆ちゃんからのメッセージだった。
　夏帆ちゃんとは、葉月に紹介されてから親しくなった。
　そのときに親しくなったのは、夏帆ちゃんだけじゃない。
　ユージと翔もふくめた3人は、俺がまだ17歳の頃、病院でリハビリしているときに見舞いに来てくれた。

葉月が病院に3人を初めて連れてきたとき、夏帆ちゃんは俺をにらみつけていた。

聞けば、葉月のことを、俺がさんざん悲しませたからだと言われた。

でもその日をきっかけに、3人は俺の見舞いに何度も来てくれた。

それから俺たち5人の関係は縮まっていき、いまでもこうしてたまに、うちに飲みに来たり、遊びに来たりする。

夏帆ちゃんとユージは、この春大学を卒業して、それぞれ就職した。

来年ふたりは、結婚式を挙げる。

翔は、大学を休学して海外のいろんな場所に旅行へ行っている。

経営や料理を学びたいらしい。

将来的には、海の近くでペンションを開くのが、翔の夢だという。

FROM　香織
＊＊＊＊＊＊＊＊＊＊＊＊＊＊＊
大輔、元気？
美容院は忙しくて、
休みがなかなか取れません。
明日は葉月ちゃんの誕生日だね。
おめでとうって、言っておいてね。
再来週あたり、

３日くらい休みが取れたら、
大吾を連れて、
そっち遊びに行くわ。
愛空ちゃんにもよろしく。
体に気をつけて、
お互いがんばろう！
＊＊＊＊＊＊＊＊＊＊＊＊＊＊

　２通目のメッセージは、香織からだった。
　香織は、以前から夢見ていた美容師になり、あの町で大吾と暮らしている。
　大吾も、もうすぐ10歳になる。
　年に何回かうちに遊びに来るけど、うちの愛空も大吾になついている。
　大吾もかわいい妹って感じで、愛空をかわいがっている。

FROM　母ちゃん
＊＊＊＊＊＊＊＊＊＊＊＊＊＊
大輔、元気？
あんたも忙しいだろうけど、
たまには愛空を連れて、
遊びにいらっしゃい。
お父さんも、
愛空に会いたがっているわ。
明日は葉月ちゃんの、

誕生日だったわよね。
お花とお菓子、送っておいたわ。
体に気をつけて。
＊＊＊＊＊＊＊＊＊＊＊＊＊＊＊

　３通目は、母ちゃんからのメッセージだった。
　俺がこの町に戻ってきてからも、父ちゃんとはなかなか仲直りできなくて、ずっと気まずい雰囲気だった。
　俺が勝手なことをしたせいだと、自分でも反省している。
　ちゃんと謝ったけど、許してもらえなかった。
　でも愛空が生まれてからは、少しずつ仲が戻りつつある。
　俺も親になったいま、どれだけ自分の親に迷惑をかけてきたのか、痛いほどわかった。
　だからこれからは、たくさん親孝行しないといけない。
　償っても、償いきれないほどのことをしたけれど、後悔だけしていてもしかたがない。
　これからは親に心配かけずに、一生懸命マジメに生きていく。
　父ちゃんの笑った顔は、ほとんど見たことがなかった。
　そんな父ちゃんも、愛空のことはかわいくてたまらないみたいで、愛空と遊んでいるときはずっと目尻を下げてニコニコしている。
　愛空におもちゃや服ばかり買っている父ちゃんを見て、母ちゃんもさすがに驚いていた。

次の日の昼間。
　今日は、葉月の誕生日。
「愛空、出かけるぞ」
「どこへ？」
「ママのプレゼント買いに、お花屋さんに行こう」
「うんっ」
　俺と愛空は、家を出ると花屋に向かった。
　今日は春らしく、ポカポカと暖かくていい天気だ。
「ママ、よろこぶといいねっ」
「そうだな」
　愛空が、歌を歌いながら歩いていく。
　家から10分ほど歩いた場所に、小さな花屋がある。
「どれがいいかな」
　たくさんの花があって、迷ってしまう。
「……どんなお花をおさがしですか？」
　愛空と花を見ていると、店員の女性が声をかけてくれた。
「妻にプレゼントしたくて。でも、なにがいいか……」
「奥様にですか？　素敵ですね」
「いやいや……」
「そうですね……なにがいいかしら……」
「妻が遠いところにいるんです」
「……では、アイリスなんかいかがですか？」
「アイリス？」
「アイリスの花言葉は、"恋のメッセージ"、"あなたを愛する"などの意味があるそうですよ」

「素敵ですね」
　店員の女性は、鮮やかな青色と美しい白色のアイリスの花を手にした。
「アイリスは、ギリシャ神話の女神"イリス"からきているそうですが、彼女は虹の女神でもあるそうです。女神イリスは、遠く離れた人々の心と心をつなぐ役割もしていたそうですよ」
　遠く離れた人々の心と心をつなぐ……。
「虹の女神か……。それにします」
「では、少しお待ちください」
　店員の女性は、花束にしてリボンをつけてくれた。
「奥様、幸せですね。素敵な旦那様と、かわいい娘さんに愛されて……。ありがとうございました」
「こちらこそ、ありがとうございました」
　俺はアイリスの花束を受け取り、愛空と手をつなぐ。
　その足で、近くの河原に向かった。

　川の流れが穏やかだ。
　愛空は草の上で、蝶々を追いかけて走りまわっている。
「パパ……ちょうちょ、お花にとまったぁ」
　愛空の無邪気な笑顔を見て、俺もつられて笑顔になる。
　——なぁ、葉月。
　葉月が命をかけて残してくれた宝物……愛空、大きくなっただろ……？
　愛空も、もうすぐ５歳になる。

葉月が死んでしまってから、もう５年がたつんだな。
　この空のはるか彼方に、葉月はいる。
　愛空が生まれたあと、葉月は死んでしまった。
　俺は一度も泣けなかった。
　葉月が死ぬなんて、考えたこともなかったから。
　葉月が死んだなんて、信じることができなかったから。
　逢いたいよ……葉月。
　願いが叶うなら、葉月の笑顔にもう一度逢いたい。
　俺は、アイリスの花束を胸に抱いて、膝をついた。
　涙が頬を伝う。
　葉月が死んでから……泣いたことなかったのに。
　ちゃんと、さよならを言えなかった。
　もっと伝えたいことがあったのに。
　もっと葉月を愛したかった。
　葉月と過ごした日々。
　思い出を追えば追うほど、胸が苦しくなる。
「逢いたい……葉月……」
　唇が震えた。
　あふれだした想いを、止めることはできなかった。
「パパ……」
　愛空がそばにきて、俺の頭をなでる。
「あいくのこと、きらい？」
　愛空が悲しい顔をしている。
「嫌いなわけないだろ？　大好きだよ。なんでそんなこと聞くんだ……？」

「だって、あいくのせいで、ママしんじゃったんでしょ？　ごめんなさい……パパ……」
「誰がそんなこと言ったんだ？　そんなこと言ったらママが悲しむぞ？」
「あいくのおともだち」
「それは、愛空のお友達がまちがってる。ママは、愛空のことを大切に想ってるんだぞ？」
「でもママのおたんじょうびなのに、パパ泣いてる……」
「え……？」
「かなしいから、ないてるんでしょ？」
「愛空を愛してるから……ママを愛してるから……泣いてるんだよ」
　俺は愛空を抱きしめた。
「あいくが、おおきくなったらパパとけっこんしてあげるからね」
「ありがとな、愛空」
　こんな小さな子に、胸を痛ませてしまった。
　俺は、もっと強くならなきゃ。
「ママーっ」
　愛空が空に向かって大声で叫ぶ。
「ママに、あいたいよぉーっ」
　毎日、葉月の写真に向かって、"いってきます"と"ただいま"を言う愛空。
　友達はみんなママがいて、自分にはママがいないから愛空は寂しいと言っていた。

夜中に目が覚めたのか、葉月の写真を抱きしめて泣いている愛空を見つけたときは、つらくてどうしようもなかった。
　愛空は、俺の前で弱音を吐いたりしない。
　俺の前では、いつも笑っている。
　こんな幼い子が、どんな思いでいるのか考えるだけで、胸が苦しい。
　俺は、愛空を幸せにする。
　絶対に幸せにする。
　空にいる、葉月のためにも。
「愛空……ママ、きっと聞いてくれているはずだよ」
「ホント？」
「うん」
「ママーっ！　あいくをうんでくれて、ありがとぉー！」
　聞こえてるか……葉月。
　俺たちの宝物、愛空の声が。
　空高く、風に乗って舞い上がれ。
　俺の想い。
　愛空の想い。
　返事はなくていい。
　ただ、届いてくれたら……。

大切な思い出

　それは、愛空が生まれる2ヶ月くらい前のこと。
　この日は、あたしたちにとって特別な日になった――。

　夕方、妊婦検診に大輔が付き添ってくれて、産婦人科に行ってきた。
　その帰り道、大輔が行きたいところがあるといい、手をつないで歩いていく。
　行き先は教えてくれなかった。
　でも歩いていくうちに、だんだんと見覚えのある道になっていく。
　そして、大輔はある場所の前で立ち止まった。
「学校……？」
「ああ」
　あたしたちが出逢った高校の前にいる。
「思い出めぐりしようぜ？」
「うんっ」
「行こ」
「こんな堂々と勝手に入って大丈夫かな？」
「平気、平気」
　大輔と校舎に入り、まずは屋上に向かった。
　屋上に行くまでの階段も、校舎の匂いも懐かしい。
　一瞬で、あの頃に戻れる。

制服を着ているあたしたちが大声で笑い合って、階段を駆け上がっていく……そんな、なんてことのない思い出のかけらも、いとおしい。
　このなんとも言えない、せつなさも。
　大切に思える。
　屋上にやってきたあたしたちは、あの頃と変わらない景色を見つめる。
「あいかわらず、最高の場所だな」
　大輔は、満面の笑みを見せる。
「ここで葉月と授業サボったよな」
「うん。ふたりでボーッと空見てたね」
「そういえば……ここで葉月の特技だった変顔を見せられた気がする」
「ふふっ、ちょっと待ってよ。特技じゃないから」
「変顔して？」
「やだよーだ」
　大輔がわざと落ちこんだフリをしたから、しかたなく変顔をしてあげた。
「アッハッハッハ……あー、マジですげぇ顔」
　大輔はあたしの顔を指さして、大きな声で笑っている。
「校内で、もし変顔選手権とかがあったら、絶対１位になれるって」
「そんな選手権、お断りします」
「あ〜笑いすぎて涙出てきた」
「そんなに？　あとでケータイに写真撮って送っとくね」

「葉月って、ホント変わってるよな」
「そう？　夜眠る前に写真もう一度見てね？」
「笑いすぎて眠れなくなるだろっ」
　こんなくだらないことで笑えるようになったあたしたちは、やっぱり幸せだ。
　今日は、幻想的な夕焼け空だった。
　オレンジや赤や青などのグラデーションの空に、ゆっくりと雲が流れている。
「そうだ、大輔」
「どした？」
「赤ちゃんの名前、考えたの」
「おっ、いい名前あったか？」
　あたしはニコッと笑った。
「あたしも大輔も空が好きでしょ？」
「そうだな」
「それから、あたしたちが離れているあいだも、ふたりをつないでいたのは空だから。"愛空"って書いて、"あいく"って読むの……どうかな？」
「いい名前だな。愛空……んで、女の子ってわかったのか？」
「ん……女の子な気がする」
「男の子だったら名前どうする？」
「男の子でも愛空」
「"愛空くん"て、なんか言いにくくね？」
「じゃあ考えておくけど、たぶん女の子だよ？」
「女の子だったら……葉月に似てかわいいだろうな～」

「大輔……ニヤニヤしすぎじゃない？」
「想像しただけで幸せ」
「あたしも」
　あたしは大輔の頬にキスをした。
　すると、大輔はあたしの頬やおでこにキスをする。
「ドキドキさせないで……」
「先にドキドキさせたのは葉月だろ？」
　お互いの視線がぶつかった瞬間、唇を重ねた。
「……っ」
　キスをして、見つめ合って、またキスをする。
「好きだよ、葉月……」
「ん……あたしも……」
　綺麗な夕焼け空の下で、何度も甘いキスをした──。
　この場所には、たくさんの思い出がある。
　大輔と授業をサボったこと。
　大輔と空を見上げたこと。
　くだらないことで笑い合ったこと。
　大輔とさよならしたときは、ここから大輔の姿を見送った。
　そして、今日また思い出が増えた。
　あたしたちの宝物……子どもの名前を決めた。

　屋上をあとにしたあたしたちは、教室に向かった。
　日も暮れて、うす暗い静かな廊下を歩いていく。
「懐かしいね」

「あぁ」
　そして、1年生のときに過ごした教室の前に立った。
　ドアをゆっくりと開ける。
　すると、教室の明かりがパッとついた。
「なにこれぇ……」
　驚いたあたしは、口を両手で押さえる。
　教室がカラフルな風船などで飾りつけされている。
　黒板には、チョークで絵や文字が描かれていた。
"大輔＆葉月、結婚おめでとう"
　教卓の上には、イチゴがたくさん乗った大きな丸いケーキが置いてあった。
「なんなの……大輔〜っ」
　驚きとうれしさで涙がこみあげてくる。
「サプライズ成功！」
　大輔はピースをして、ニコッと笑った。
「こんなのずるいよぉ。だから学校に行こうって言ったの？」
　大輔は微笑んで、大きくうなずく。
「いつ用意してくれたの？　今日さっきまであたしと一緒にいたのに……」
「俺は葉月を連れてくるだけで、用意したのは俺じゃないんだ」
「え……？」
　そのとき、うしろから聞き覚えのある声がした。
「ふたりとも遅かったじゃん」

声がしたほうを振り向くと、そこに立っていたのは翔くんだった。
そして、翔くんの背中に隠れていた夏帆とユージくんが笑顔で現れた。
「みんな……」
どうしてみんながここにいるの?
「これ、みんなが用意してくれたの?」
あたしがたずねると、3人は笑顔でうなずいた。
夏帆が先生に事情を話して、教室を使わせてもらえるように頼んでくれたという。
前から、このサプライズを計画していたらしい。
放課後、翔くんとユージくんは夏帆に合流して、教室の飾りつけや、ケーキを用意してくれたみたい。
そして、大輔があたしを教室に連れてくることになっていた。
「もぉやだぁ……みんな、本当にありがとぉ」
あたしが涙をぬぐいながら言うと、翔くんはいたずらっ子のような顔で言った。
「泣いてる、泣いてる。大成功だな」
すると、夏帆が言った。
「うちらだけで、ふたりの結婚パーティーしようってことになったんだ」
「夏帆……みんな、本当にありがとう。すごくうれしい」
夏帆は、あたしを抱きしめる。
「いままでよくがんばったね。葉月、幸せになってね」

「夏帆……ありがとう。大好きだよ」
「葉月と友達になれてよかった。これからもよろしくね」
「こちらこそ……ううっ……」
「また泣くの?」
「だってぇ……」
　夏帆はあたしの体を離すと、あたしの頬を伝う涙を親指でぬぐってくれた。
　翔くんが箱を２個持ってきて、１個を夏帆に渡した。
　夏帆と翔くんは箱を開けて、中からなにかを取りだす。
「はい、葉月」
　夏帆があたしの頭にティアラをのせてくれた。
「ほら、大輔も」
「え？　俺も？」
　翔くんは、大輔の頭に王冠をのせる。
　教卓では、ユージくんがケーキにロウソクを立てて火をつけている。
　あたしは大輔と目を合わせて微笑んだ。
「よし、ケーキもオッケー」
　そう言ってユージくんは、大輔とあたしをケーキの前に立たせた。
　大輔はあたしの手をぎゅっとにぎりしめる。
「結婚おめでとぉー！」
　３人は大きな声で叫ぶと、次々にクラッカーを鳴らす。
　大輔とあたしは、ロウソクの火を一緒に吹き消した。
「ふたりの写真撮るから、もっと顔寄せて」

ユージくんがカメラをかまえていた。
　大輔とあたしは顔を寄せ合い、笑顔でピースをする。
　何枚か写真を撮ると、ユージくんは机の上にカメラを置いた。
「5人の写真も撮ろうぜ」
　そしてカメラのタイマーをセットしたユージくんは、あたしたちのところに急ぐ。
「そろそろだぞ。3、2、1……」
　――パシャッ。
　5人で撮った写真は、みんな最高の笑顔だった。
　みんな、ありがとう。
　大好きだよ。
　みんなと出逢えて、あたしは幸せです。
　大輔。
　夏帆。
　ユージくん。
　翔くん。
　みんながくれた、たくさんの優しさ。
　みんながくれた、たくさんの笑顔。
　忘れないよ。
　ずっと、ずっと……忘れないから。

　――ねぇ、大輔。
　あたし、この子を産むことをあきらめないでよかった。
　今日、あらためて思ったんだ。

あたしのお腹に赤ちゃんがいるとわかったとき、すごく不安だった。
　でも、あたしたちのまわりにいる人たちの優しさに触れて、みんながあたしたちを助けてくれた。
　この世界は、悲しいことばかりじゃないよね。
　この青い空のように綺麗なものは、たくさんある。
　それに気づけたら、きっと毎日が輝く世界になる。
　人との出逢い。
　喜びも、悲しみも。
　笑顔も、涙も。
　生きていると、いろんなことがある。
　あたしたちが生まれてきたのは、愛を知るため。
　生きることは、誰かを愛すること。
　誰かを愛することは、生きる幸せになる。
　この子にも知ってほしい。
　この世界は、幸せであふれていると教えてあげたい。
　赤ちゃん、あたしたちの子に生まれてくれてありがとう。
　大輔、幸せをありがとう。
　愛してくれて、ありがとう。
　愛させてくれて、ありがとう。
　これからもずっと、大輔を愛してるよ——。

エピローグ

空から、キミの笑顔を見ているよ。
そばにいてあげられなくて、ごめんね。
寂しい思いをさせて、ごめんね。
でもね……心はそばにいる。
あたしに逢いたくなったら、青い空を見上げて。
想いはきっと、届くから。
信じていれば、きっとまた逢えるから……。

あたしの大好きな、キミの笑顔に逢えますように。

番外編
〜小さな約束〜

◊

星降る夜に交わした約束。
あたしたちの、小さな恋。
この想いを、大人になっても——。

空

【愛空side】

　桜木愛空、7歳。

　あたしには、お母さんがいない。

　物心がついた頃、すでにお母さんはいなかった。

　まわりの友達はみんな、あたりまえのようにお父さんとお母さんがいるのに。

　なんであたしには、お父さんしかいないんだろう。

　昔、一度だけお父さんにたずねたことがある。

『パパ、なんで愛空にはママがいないの？』

　お父さんはなにも言わずに手を引いて、あたしを外へと連れ出した。

　そして、お父さんは青い空を見上げて言った。

『ママはいるよ。空の上からいつも愛空を見守ってくれているんだよ』

　お母さんは空にいる。

　空の上からいつも見守ってくれている。

　まだあたしには幼すぎて、お父さんの言った意味がよくわからなかった。

　その意味を理解したのは、お父さんの実家へ遊びに行ったときだった。

　おばあちゃんとあたしは、庭でシャボン玉をして遊んでいた。

『ねぇ、おばあちゃん』
『なぁに？』
『愛空のママは、お空にいるの？』
『……そうね』
『なんでぇ？』

　おばあちゃんは、あたしを優しく抱きしめながら話してくれた。
　お母さんはあたしを産んだあと、死んでしまった。
　その話を聞いた日の夜は、眠れなかった。
　でも死んだ人は、空から大切な人たちを見守っているんだって。
　だからお母さんはいる。
　この空にいる。

　あたしが7歳になったばかりの春、お父さんの仕事の関係で、ある島へと引っ越すことになった。
　そして、引っ越し前日の昼間。
「いつもこのお花だね」
「あぁ、綺麗だろ？」
　あたしとお父さんは鮮やかな青色と白色のアイリスの花束を持って、お母さんのお墓へとやってきた。
「お母さん、お花きれいでしょ？　お父さんが選んだの」
　お墓の前に、あたしはしゃがみこむ。
　胸の前で両手を合わせて、そっと目を閉じた。
「お母さん、お父さんと一緒に島に行くことになったよ」

目を開けて、隣にいるお父さんを下から見上げる。
　お父さんは立ったまま、お墓を見つめていた。
「お父さん、大丈夫？」
　お父さんは口を結んだまま、優しい顔で微笑む。
「お母さんと離れるの、さみしい？」
「いってきますって……お母さんに言ったんだ」
「お母さんの返事は？」
「いってらっしゃいって」
「いってきまーす！　お母さーんっ」
　空に向かって大きな声で叫んだあと、あたしはお父さんに笑顔を見せる。
　お父さんの大きな左手をぎゅっとにぎりしめた。
　お母さん……。
　夏休みには、お父さんと一緒に逢いに来るからね。
　今日は、綺麗な青い空が広がっていた。

　島に引っ越してから１年近くが過ぎ、島での生活にもだいぶ慣れた頃。
　あたしは小学３年生になり、クラスでは学級委員長にもなった。
　担任の夏子先生が妊娠中で産休に入り、都会から臨時の教師がやってきた。
　名前は絢音先生、26歳の女性らしい。
　26歳というと、うちのお父さんと同い歳。
　でも、絢音先生のほうが元気で若く見える。

絢音先生は夏子先生の産休中、うちのクラスを受け持つことになった。
「絢音先生、おはよ〜」
　道を歩いている絢音先生を、ひとりの男子生徒が追い越して走っていく。
「おはよう。ちょ、拓真っ」
「なに？」
「宿題やってきた？」
「あー、忘れたぁ」
「もぉ〜！　ちゃんと宿題やってきなさいって昨日注意したばっかりでしょ？」
「へっへっへ。すんませーん」
　拓真は、その場から逃げるように走っていった。
「待ちなさーい！　拓真ー！」
　絢音先生は、拓真に向かって大きな声で叫ぶ。
　いつもの光景に、あたしは微笑んだ。
　拓真は、あたしがこの島に来たとき、いちばん最初に出会った人物だった。
　引っ越し当日に船から島に降り立ったとき、『おまえ誰？』と、見知らぬ男の子に声をかけられた。
　それが拓真だった。
　最初がそんな感じだったため、なんとなく嫌なやつかと思った。
　でも仲良くなるうちに、口はちょっと悪いけど、イイやつだって気づいた。

拓真はいつもうるさいくらい元気で、うちのクラスのムードメーカー的存在だった。
「絢音先生」
　拓真を追いかけようとする絢音先生の腕を、あたしはうしろからつかんだ。
「拓真には、あたしからよーく言っておきますから」
「愛空って、本当にしっかりしてるよね」
　小さい頃から、まわりの大人たちに言われてきた。
　お母さんがいないのに、しっかりした子ねって。
　愛空ちゃんみたいなイイ子が娘さんで、お父さんはうれしいでしょうねって。
　お父さんが喜んでくれるなら、あたしはイイ子になる。
　イイ子でいなくちゃいけない……そう思った。
「あ、絢音先生、急がないと遅刻しちゃいますよ？」
「本当だ」
　あたしは絢音先生と走って学校に向かう。
　途中でドサッと大きな音がして立ち止まると、絢音先生が地面にうつぶせになって倒れていた。
「絢音先生ってば……また転んでる」
「イタタ、もう～なんでこんなとこに石があるのぉ？」
　絢音先生は、なんでも一生懸命なのはいいんだけど、たまにそれが空まわりしているときもある。
「大丈夫ですか？　絢音先生」
　絢音先生の前にしゃがんで、あたしは手を差し出した。
「愛空、ありがとぉ……」

いつ見ても、絢音先生のヒザは絆創膏だらけだ。
「これ以上、ヒザの傷を増やさないようにしてくださいね」
「はい、気をつけます……」
「ホント、ドジだな！　どっちが先生か生徒かわかんねぇ」
　拓真が前から走ってきて、絢音先生を冷やかす。
「ちょっと拓真！」
「なんだよ、愛空」
　走って逃げる拓真を、あたしは必死に追いかける。
「愛空の足じゃ俺に追いつけねーよ」
「負けないんだからっ」
　あたしがイイ子でいることで、お父さんが喜んでくれるのはうれしい。
　だけど、たまにわからなくなる。
　しっかりした子。イイ子。
　それって、どんな子なの……？
　あたしはいま、どんな子なのかなって。

　その日のお昼休み。
　教室でクラスの女の子たちと机をくっつけて、お弁当を食べようとしていた。
「わぁ〜！　愛空ちゃんのお弁当、かわいい〜」
　ひとりの子が言うと、まわりのみんながあたしのお弁当箱をのぞきこんだ。
「愛空ちゃんて、毎日自分でお弁当作ってるんでしょ？　すごいよね」

「べつにそんな……すごくないよ」
　おばあちゃんの家に行ったときに、簡単にできる料理などを小さい頃から教わっていた。
　お父さんがあまり料理上手じゃないこともあったし、少しでもお父さんの役に立ちたかった。
　お弁当を作るのも最初は下手だったけれど、失敗を繰り返しながら少しずつ上達していった。
　いまでは、料理が楽しく感じるようになった。
「ねぇ、愛空ちゃんのハート形のハンバーグと、うちのからあげ、交換しないっ？」
「うん、いいよぉ」
　だけど、あたしにはみんなのお弁当のほうがうらやましかった。
　お母さんの愛情がこもった手作りのお弁当は、あたしは絶対に食べることができないから。
「愛空ちゃん、いいお嫁さんになるね」
「ふふっ、そうかなぁ？」
　そのとき、同じクラスの男子である一樹(かずき)が、あたしのところに歩いてくる。
　一樹は、あたしのお弁当箱を取りあげ、それを思いきり前の黒板に向かって投げつけた。
「おまえ見てると、ムカつくんだよっ」
　そう言って一樹は、あたしをにらみつける。
「イイ子ぶりやがって」
　騒がしかった教室内は、一瞬で静まり返る。

黒板の下には、逆さまになったお弁当箱と、中身がこぼれていた。
　早起きして作ったのに……。
　下唇を噛んで、泣きそうになるのを我慢する。
　すると、まわりにいた女子たちが、一樹に冷たい視線を向けて騒ぎはじめる。
「ちょっと、ひどいじゃない一樹！　なにしてんのよ！」
「そうよ、そうよっ！」
「愛空ちゃんに謝りなさいよ！」
「ホント、最低〜」
　騒ぎを聞きつけたのか、廊下で拓真に説教していたはずの絢音先生と拓真が教室に入ってきた。
「あんたたち、何事⁉」
　絢音先生は、近くにいた生徒に事情を聞こうとする。
　あたしは拓真と目が合い、すぐに視線をそらした。
　こぼれたお弁当を片づけようと、あたしは黒板の下にしゃがみこむ。
　すると、一樹の声が頭の上から聞こえた。
「愛空はなんでもできて、すげぇよなぁ？　えらいよなぁ？　島の人たちもみんな愛空のことほめてるぜ。母親がいなくても、しっかりした子だって」
「ちょっと、一樹！　なんでそんな言い方するの！」
　絢音先生は声を荒げる。
　先生を無視した一樹は、そのまま続けた。
「おまえはただ、母親がいないかわいそうな子に思われた

くねぇだけだろっ」
　胸の中で、ガラスが飛び散ったような痛みを覚えた。
　その直後、拓真がものすごい勢いで一樹の体を床に押し倒す。
　馬乗りになった拓真は、一樹の胸ぐらを強くつかんだ。
「やめなさいっ！　拓真っ」
　絢音先生は必死に拓真を止めようとするけど、いつもの拓真とはちがった。
　こんなに怒った拓真の顔は、初めて見た。
「おいっ、一樹！　いまなんて言ったんだよっ！　愛空に謝れっ」
　拓真に胸ぐらをつかまれている一樹は、ふてくされたように顔をそむける。
　反省する様子のない一樹を拓真が殴ろうとすると、絢音先生が拓真の拳をつかんだ。
「離せよっ」
「ダメよ、やめなさい！」
　……もう、みんなやめて。やめてよ。
「拓真、一樹のこと離して」
　そう言うと、拓真はあたしを見た。
「でも……」
「あたし、暴力ふるう人は嫌い」
　拓真は不満そうな顔で、一樹の胸ぐらを離した。
　起き上がった一樹に、あたしは言った。
「あたしがなにか一樹の気に触るようなことしたなら謝る

ね。ごめんね」
　ぐちゃぐちゃになったお弁当の中身を、あたしは手で拾い集める。
　すると、絢音先生もそばに来て、あたしと一緒にお弁当を片づけてくれた。
「絢音先生、ありがと」
　あたしは、無理やり笑顔を作る。
「愛空……ごめんね」
「なんで絢音先生が謝るんですか？」
「嫌な思いさせちゃったね」
「あたしは大丈夫です」
　あたしが見ていないと思って、拓真が一樹に殴りかかろうとする。
「拓真」
　あたしの声にビクッとなった拓真は、殴ろうとした手で一樹にデコピンをした。
　一樹はそのまま教室を出ていってしまった。
「ねぇ、愛空。あとで先生のほうから、なんであんなことしたのか、一樹にちゃんと聞いて謝らせるから……」
「あたしは本当に大丈夫です、絢音先生。気にしないでください」
　大丈夫。あたしは平気。
　何度も、心の中で唱えてきた。
　小さい頃からずっと、唱えてきた言葉だ。

海

【拓真side】

　今日も愛空は、泣かなかった。

　同じクラスの一樹に弁当を投げつけられたのに、ひと粒の涙も流さなかった。

　俺たち、まだ8歳なのにな。

　愛空は、俺よりもずっと大人に見える。

　普通あんなことされたら、絶対に許さない。

　それなのに、なぜか愛空が一樹に謝っていた。

　弁当を一緒に片づけていた絢音先生には、笑顔まで見せていた。

　なんで無理して笑うんだろう。

　泣けばいいし、大声で怒鳴り散らせばいいのに。

　愛空は、人前で絶対に泣いたりしない。

　いつもイイ子でいる愛空のことが、俺はずっと前から心配だった。

　その日の放課後。

　下駄箱で靴を履き替えていると、うしろから絢音先生に声をかけられた。

「拓真」

「あ？」

「うわっ、機嫌悪いなぁ」

あたりまえだろ。
　愛空があんな目に遭ったのに、機嫌いいわけねぇだろ。
「あのさ、拓真」
「なんだよ？」
「愛空のお母さんって……いつ頃に亡くなったの？」
「どうして？」
「愛空といちばん仲がいい拓真なら、いろいろ知ってると思って……」
「愛空が生まれてすぐだよ。この島に引っ越してくる前。そんなことも知らなかったのか？　教師失格だな」
「そこまで言う？」
「いま機嫌悪いんでね」
　俺が行こうとすると、絢音先生に腕をつかまれた。
「拓真、待って。愛空、もう帰った？」
「帰ったよ。たぶん……あそこにいるんじゃねーの？」
　愛空はきっと、あの場所にいる。
「あそこって、どこ？　教えて」
「海」
　海に囲まれている、自然豊かなこの島。
　小学校から歩いて５分ぐらいの場所に砂浜がある。
「ありがと、拓真。気をつけて帰ってね……ギャッ！」
　絢音先生は走りだして、すぐに転んでいた。
「いつものことだけど……本当にドジだな」
　起き上がった絢音先生は、また足を擦りむいていた。
「自分でも情けない……。夏子先生のかわりなのに、こん

な頼りない先生でごめんね」
「まぁ、がんばれ」
　俺は絢音先生の背中をバシッと叩いた。
「がんばります……」
「ドジでも……愛空は絢音先生のこと、けっこう好きみたいだぜ？」
「……っく……ううっ……」
「おい、泣くなよ〜。ホントに大人かよ」
　先生になる試験、よく受かったな。
　絢音先生みたいな先生、見たことねぇよ。
「だって……こんな頼りない先生のこと好きだなんてぇ、そんなこと言ってくれるの、愛空だけだよね？」
「そうだな。よかったな」
「うん……」
　絢音先生は、ハンカチで涙をぬぐう。
「早く行けって」
「行ってくる！　拓真も気をつけて帰ってね」
「はいはい」
「あと、宿題ちゃんとやってきなさいよ？」
「はいはい」
「ちゃんと返事してよ」
「は〜い」
　すぐ転ぶし、ドジだし、だけど憎めない。
　絢音先生を見ていると、なんだか自然と笑顔になれる。
不思議な先生だ。

声

【愛空side】
　潮風が気持ちいい。
　この島に来てから、海の匂いが好きになった。
　波の音を聞きながら、砂浜にひとりで座っていた。
「愛空ーっ」
　誰かが大きな声であたしを呼んだ。
　声がしたほうに目を向けると、絢音先生が手を振りながら、こっちに向かって走ってくる。
　その姿を見て、あたしは思わず笑ってしまった。
　本当に、いつも全力だ。
　また転ぶのではないかと心配になる。
　絢音先生は息を切らしながら、あたしのところにやってきた。
「絢音先生、どうしたんですか？」
「先生も、愛空と一緒に海見てもいい？」
「どうぞ」
　絢音先生は、あたしの隣に座った。
　先生の綺麗なパンプスが砂まみれになっていた。
　あたしがその砂を払おうとすると、先生はあたしの手を上からぎゅっとにぎる。
「大丈夫よ。自分でやるから」
「絢音先生はスニーカーのほうがいいと思いますけど」

「そうよね。この靴、友人からもらったもので気に入って履いていたんだけど、島ではスニーカーのほうが動きやすいわね」
「似合ってますよ？　でも絢音先生はよく転ぶから」
「愛空の言うとおりです」
　絢音先生はパンプスを脱いで、裸足になった。
「あたしがここにいるって、よくわかりましたね。拓真から聞いたんですか？」
「うん、拓真から聞いた」
「今日のこと、心配して来てくれたんですよね？　あたしなら、本当に大丈夫ですから」
「先生がなにを考えているのかさえ、愛空は見抜いてしまうのね」
　絢音先生は、あたしの肩を抱き寄せた。
「愛空……つらいときはつらいって言えばいいし、泣きたいときは泣いたっていいんだよ？」
「絢音先生もわかってると思いますけど、一樹がなんであんなことしたのか、あたしわかってますから。だから大丈夫です」
　一樹のお母さんは、いま体調が悪くて入院している。
　何年か前にもガンになって入院したことがあるらしく、島の人たちもみんな、一樹のお母さんのことを心配している。
　最近の一樹はずっと、商店のおにぎりやパンばかり学校に持ってきていた。

お母さんのこと、心配でたまらないと思う。
　お母さんがいなくなったらどうしようって、不安なんじゃないかな……。
「大丈夫って、愛空の口ぐせだね」
「そうですか？」
「うん」
「あたし学級委員長だし、こんなことでクラスの雰囲気も悪くしたくないです」
「"こんなこと" じゃないでしょ？」
「あたしにとっては、そんなものです」
「しっかり者で、学級委員としてクラスをまとめてくれて、愛空は頼りない先生のことを、いつも助けてくれるよね。でも、先生は愛空になにもしてあげられてない」
「じゃあ、絢音先生……」
「ん？」
「あたしのお母さんの話、聞いてくれますか？」
「もちろん」
　自分からあまりお母さんの話をしたことがなかった。
　でも、絢音先生にはお母さんのこと話したい。
　聞いてもらいたいって、このとき不思議と思った。
「この場所は、お母さんと話をする場所なんです」
　この島に来て、青い空がすごく綺麗に見えた。
　砂浜にいると、空が不思議と近くに思えた。
「お母さんと、お話する場所？」
「ここでよくお母さんに話しかけます。一方的にですけど」

逢ったことのない、お母さんに。
　あたしをこの世界に産んでくれた、お母さんに。
　空からいつも見守ってくれているお母さんに。
　あたしはこの場所から話しかけていた。
「お母さんは空にいる。空の上からいつも見守ってくれているって……昔、お父さんが言ったんです」
　この場所は少し顔を上げれば、空しか見えない。
　視界のすべてが空の青色でいっぱいになる。
「今日はここで、お母さんになにを話していたの？」
　絢音先生の質問に、一瞬黙りこむ。
「愛空……？」
「……なんてことない世間話です」
　絢音先生に嘘をついた。
　本当は、世間話なんかじゃない。
　だけどそれは、あたしだけの秘密。
「あたし……この島に来る前は、泣き虫でした。お母さんがいないことで友達にいじめられたこともあったし、夜中にお母さんの写真を見て、泣くこともありました」
　まわりの友達がうらやましかった。
　あたりまえのように、お父さんとお母さんがいる。
　みんなにとってはあたりまえでも、あたしにはあたりまえじゃなかった。
　なんであたしには、お母さんがいないの？
　なんで死んじゃったの？
　いじめられるたびに、お母さんの写真を見て泣いた。

「つらかったね……よくがんばったね、愛空」
　絢音先生は、あたしの頭を優しくなでてくれた。
「でも、あたしよりもずっとつらかったのは、お父さんなんです」
「どうして？」
「あたしには、お母さんと一緒にいた記憶がないから。でもお父さんには、お母さんとの思い出がたくさんある」
　お母さんの顔は、写真でしか見たことがない。
　お母さんがどんな人だったか、お父さんたちから聞いた話でしか知らない。
　記憶があるということは、思い出があるということ。
「思い出は、自分にとって大切なものでしょ？　大切なものが多いほど、失った悲しみは大きいじゃないですか」
　お父さんが、お母さんと一緒に過ごした時間。
　お父さんとお母さんの、さまざまな思い出。
　お母さんの姿、声、ぬくもり……お母さんが生きていた記憶。
「だから、つらいのは……お父さんのほうなんです」
　友達からいじめられて、つらかった。
　お母さんがいないことが、悲しかった。
　何度も寂しい思いをした。
　だけど、お父さんはあたしよりもずっと寂しくて、悲しいはず。
「あの日を、いまも忘れられないんです」
「あの日って……？」

いまでもあの日のことを、鮮明に覚えている。
「あたしが５歳のとき、お父さんは初めて私の前で泣きました。お母さんを想って、お母さんに逢いたいって……」
　絢音先生は目に涙をためて、あたしの手を優しくにぎりしめてくれた。
「あの日から、お父さんは一度も泣きません。だから、あたしも泣かないって決めたんです」
　泣かない、強くなりたいって思った。
「お母さんの話をしているときのお父さんは、本当にうれしそうで、幸せそうで……。お母さんのこと、大好きだったんだなーって。そんなお父さんのことが、あたし大好きなんです」
「愛空のお父さんとお母さん……素敵だね」
「あたしがお母さんに話しかけるのは、お父さんのそんな一途な想いを伝えるためでもあるんです」
「愛空の声、お母さんに届いてると思うよ」
「お父さんの一途な想いを伝えるたびに、"お父さんのことお願いね"って、空からお母さんが言っているような気がして」
「お母さんの声、愛空には聞こえると思うよ。お母さんと愛空は、目に見えないなにかでつながってると思う」
　あたしは大きく息を吐きだして、青い空を見上げた。
「命がけであたしを産んでくれたお母さんに、ありがとうって伝えたいんです」
　お母さんに逢えなくても、伝えたい。

「お父さんが言っていたように、お母さんはあたしたちを空から見守ってくれていますよね?」
「愛空のお母さんは、愛空とお父さんのこと、いつも見守ってる。大切な人たちに愛されて、お母さんも幸せなんじゃないかな」
「そうだと……いいな」
　絢音先生も、あたしの隣で一緒に空を見上げていた。
　話を聞いてくれてありがとう、絢音先生。
「絢音先生、泣かないでくださいよぉ」
「愛空がお母さんのこと話してくれて、先生ね……」
　あたしは絢音先生の背中を、優しくさする。
「愛空」
　その声に振り向くと、お父さんが手を振っていた。
「絢音先生、お父さんが来ました」
「お父さんのところに行っていいよ」
「はい。じゃ絢音先生、また明日学校で」
　絢音先生は笑顔でうなずいた。
　あたしはお父さんのところに駆け寄っていく。
「もう仕事終わったの?」
「あぁ」
「おつかれさま」
　そして、お父さんにぎゅっと抱きついた。
「いまね、絢音先生と話してたんだ」
「なにを話したんだ?」
「うーん、秘密っ」

絢音先生がこっちを見ていることに気づいて、あたしは手を振る。
　絢音先生も手を振り返してくれて、隣にいたお父さんは頭を下げた。
「お父さん、今日ご飯なにがいい？」
「お父さんが作るよ」
「じゃあ一緒に作ろ？」
「そうだな。なに作ろうか」
「うーんとね……お父さんの好きなオムライスにしよ？」
　家に帰るまでの道を、お父さんと手をつないで歩いた。

　——ねぇ、お母さん。
　あたしの声、聞こえる？
　絢音先生に、ひとつだけ嘘をついたの。
　今日お母さんに話しかけていたのは、世間話なんかじゃない。
　あたしの願いごとだったの。
　お母さんにね。
　お母さんに、逢いたい。

心

【拓真side】
　愛空が迎えに来た父ちゃんと帰ったのを見届けた俺は、砂浜にひとりで座っている絢音先生の隣に座った。
「あれ？　拓真……どうして？」
　顔を上げた絢音先生は、泣いたのか化粧も崩れてボロボロの顔になっていた。
「また泣いてんのかよ」
「もしかして拓真、ずっと隠れて見てたの？」
「え？」
「愛空のことが心配で、ついてきたんでしょ？」
　絢音先生はニヤニヤしながら、ヒジで俺の腕をつつく。
「こんななにもない場所で、隠れる場所なんてあるかよ」
　本当は少し離れた場所に隠れて、ふたりの様子をずっと見ていた。
　でも、ふたりの会話は聞こえなかった。
「愛空となに話したんだ？」
「ん？　秘密」
「教えろよ」
「たぶん、拓真が知ってることだと思うよ？」
　絢音先生は、ハンカチで顔をゴシゴシと拭いている。
「ひでぇ顔だな」
「女の子にそういうこと言っちゃダメよ？」

「女の子っていう歳じゃねぇだろ」
「先生にじゃなくて、好きな子にってこと」
「好きな子なんか……いねぇし」
「拓真って、愛空のこと……」
「ち、ちげぇーし！　愛空なんかべつに好きじゃねぇし」
「先生まだなにも言ってないよ？」
　さっきまで泣いてたくせに、もうニコニコしてる。
「とにかく、俺は愛空のこと好きでもなんでもねぇからな」
「誰にも言わないのに」
　俺はギロッと絢音先生をにらむ。
「拓真」
「なんだよ？」
「愛空って、すごく大人よね」
「この島に来たときから、そうだった。しっかりしてるし、まわりの大人からもイイ子だって、いつもほめられてたよ」
「そうだろうね」
「でも……しっかりしすぎてるよな」
「先生も、そう思う」
「愛空は、自分よりも父ちゃんの気持ちを優先する」
「拓真は愛空のこと、なんでもわかってるんだね」
「全然わかんね」
「え？」
「今日だって弁当投げられたのに……あいつ泣きもしない」
「我慢する癖がついちゃってるのかな」
「愛空は人前で絶対に泣かない」

悲しくても無理して笑って、泣きたくても我慢する。
　そんな愛空を見てると、俺……苦しいんだ。
「絢音先生、俺はどうすればいいのかな……？」
　愛空の心がいつか壊れそうで、怖い。
「俺は愛空になにをしてやれる？」
「拓真は……拓真のままでいいと思うよ」
　絢音先生は、優しく微笑む。
「いつも愛空のそばにいてあげて。どんなときも、そばに」
「それだけでいいのか？」
「誰かがそばにいてくれるだけで、心強いものだよ」
　俺がうなずくと、絢音先生は俺の頭を優しくなでた。

　次の日の朝、教室に行くと、一樹がぶっきらぼうな態度で愛空に謝っていた。
「昨日は……ごめんな」
　すると、愛空は明るい笑顔を見せる。
「なんのこと？」
　愛空は何事もなかったかのように、一樹に接した。
「一樹、お昼休みドッジボールやろ？」
「うん」
　一樹が謝ったのを見て、クラスメイトたちは安心していたようだった。
　でも俺は、やっぱり愛空のことが気になってしかたがなかった。
　大丈夫かな……あいつ。

娘

【大輔side】
「桜木さん、愛空ちゃんの先生が来てますよ」

　同じ職場で働く女性が、休憩室にいた俺のところにお客さんを連れてきた。

「こんにちは」

「あ、こんにちは」

　お互いに頭を下げて挨拶をする。

「夏子先生に代わって愛空ちゃんのクラスを受け持っております、鈴ヶ森と申します」

　昨日、砂浜に愛空を迎えに行ったとき、絢音先生がいた。

　俺の職場にわざわざやってきたのは、なにか話したいことがあるのだろう。

「絢音先生のことは、愛空からいつも話を聞いてますよ」

「お仕事中に突然おじゃましてしまいまして、申し訳ありません」

「ちょうどいま休憩時間ですから、かまいませんよ。そこにおかけになってください」

「はい……ありがとうございます」

　俺は温かいお茶を入れて、先生に渡した。

　テーブルをはさんで、それぞれイスに腰かける。

「今日は愛空のことでいらしたんですよね？　うちの愛空がなにか……？」

「あ、はい……。ちょっと愛空ちゃんのことが心配で。今日は、お父さんとお話ししたくて、こちらに……」
「なにかあったんですか？」
「愛空ちゃんは成績も優秀ですし、学級委員としてクラスをまとめて、本当にしっかりした素敵なお嬢さんです」
「あ、はい……ありがとうございます」
「ただ、しっかりしすぎているというか、がんばりすぎるところがあるので……」
「そうですね、そうかもしれません」
「もう少し肩の力を抜いてもいいのではないかと……。私が頼りないせいもあると思いますが」
「いえいえ、そんな……」
　絢音先生は、愛空のお弁当箱がクラスの男の子に投げつけられたことを話してくれた。
　絢音先生に聞かされるまで、このことをまったく知らなかった。
　愛空は、どんな思いでお弁当を片づけたのだろう。
　ひどく傷ついたはずなのに、どうして泣かなかったのだろう。
　家では、いつもと変わらない様子だった。
　俺の前では、無理して笑っていたのだろうか。
「話していただき、ありがとうございました。愛空のことでご心配おかけして、すみません」
「私が未熟なせいで、こんなことになってしまって……すみませんでした」

「先生のせいじゃないです。あの、一樹くんとはもう仲直りしたんでしょうか？」
「はい、そのようです」
「そうですか、よかった……。一樹くんのお母さんがいま入院していて大変そうだと、一樹くんのことを愛空が心配していたんです」
「だからお弁当箱の件も、お父さんに言わなかったんだと思います。私にも一樹くんを怒らないでほしいと言ってきました」
「そうでしたか……」
　絢音先生が、がんばりすぎてしまう愛空のことが心配だと言った理由がわかった気がした。
「昨日、愛空ちゃんが私に、お母さんの話をしてくれました」
「どんな話を？」
「命がけで自分を産んでくれたお母さんに、ありがとうと伝えたいって言っていました」
「妻は、愛空を産んですぐに亡くなってしまったので……」
「それから……お母さんとの思い出がたくさんあるお父さんは、お母さんの記憶がない自分よりも、ずっとつらいはずだと言っていました」
「愛空……そんなことを言っていたんですね」
「愛空ちゃん、お父さんのことが大好きなんです」
「でも愛空は、心を開いてくれていない気がして……。自分のことを俺にはあまり話さないんです」
「お父さんも、たまには愛空ちゃんの前で弱い部分を出し

てもいいのでは？」
　絢音先生は、優しく微笑む。
「お父さんががんばっているから自分もがんばらなきゃと、愛空ちゃんは自分にプレッシャーをかけてしまっている気がします」
　父親として、もっとがんばらなきゃいけないと思って生きてきた。
　がんばっても、がんばっても足りない。
　母親がいないことで愛空に寂しい思いをさせないようにしたい、苦労させないようにしたい。
　どんなにしんどくても、弱音を吐くわけにいかない。
　愛空には心配をかけないようにしていたつもりだった。
　でも、それがかえって……愛空を苦しめていたのか？
　俺が考えこんでいると、絢音先生が話を続ける。
「愛空ちゃんが、５歳のときの話をしてくれました。あの日以来、愛空ちゃんは泣かないと決めたそうです……」
　愛空が５歳のとき……。
「お父さんが初めて、愛空ちゃんの前で泣いたときです。自分のことよりも、お父さんのことが心配みたいです。思いやりのある優しい子ですね……」
　愛空……あの日のことを覚えていたんだな。
　俺はイスから立ち上がると、休憩室の窓から青い空を見上げる。
「妻を亡くして、もう８年になります。いまでも妻を愛しています。毎日想います」

それでもやっぱり、人は徐々に忘れていく生き物なのだと思った。
　忘れたくなくても、自然に忘れてしまう。
　葉月の笑い声は、どんな声だったっけ……。
　あのとき、葉月はなんて言ったっけ……。
　思いだすのに、だんだん時間がかかっていくようになるのが悲しい。
　楽しかったこと、苦しかったこと。
　たくさんのことがあったのに、記憶が少しずつぼやけていく。
「愛する人を失ってから、どうやって立ち直ったんですか？」
「つらくて、寂しくて、悲しくて、どうしようもなかったですよ。それでも、妻と出逢わなきゃよかったなんて一度も思ったことはありません」
　心残りなのは、幸せにしてあげられなかったこと。
　俺と出逢ったせいで、悲しませてばかりだったこと。
　だからもし生まれ変わったら、よそ見なんてせずに、いちばんに葉月のもとへいく。
「寂しさや悲しみは、愛空の存在と8年の月日が少しずつ癒してくれました。でも愛する気持ちだけは忘れないんですよ。だから、これからもずっと俺は妻を愛していくと思います」
　悲しみやつらい思いは、時間がたつにつれて少しずつ癒えていく。

記憶や思い出も、時間とともに少しずつ忘れていく。
　それでもいちばん大切なことは、胸に残っている。
　葉月を愛してるということ。
　それだけはずっと変わらない。
「素敵なご夫婦ですね、本当に」
「いえ、そんな……」
　俺の話を聞いて、絢音先生も自分自身のことを少しだけ話してくれた。
　絢音先生には、幼なじみがいるという。
　幼い頃からずっと一緒にいた彼と、すれちがいを繰り返しながらも想いが通じ合ったのに、大人になって別れてしまったらしい。
　それから何年も連絡を取らず、いまも絢音先生は彼に想いを残したまま、毎日を過ごしているという。
「絢音先生」
「はい」
「大人になると、いろんなことをあきらめるようになると思いますけど、本当に大切なものは、あきらめてはいけないと俺は思います」
「大切なもの……」
「その大切なものに、絢音先生は気づいていますか？」
「気づいていても、学生の頃のように全力で突っ走る勇気がありません」
「では、これだけは言わせてください」
「……なんでしょうか？」

俺は窓から空を見上げた。
「逢いたい人がいて……その人に逢えるのは、とてもうらやましいです」
　どんなに逢いたくても、葉月には逢えない。
　葉月がそばにいたあの頃には戻れない。
　どんなに強く願っても。
「ごめんなさい。私の話なんかしてしまって……」
「妻と俺も、離れていた時間がありました。妻は亡くなってしまいましたが、彼は生きてるじゃないですか。彼に逢いたい気持ちがあるなら、後悔しないでください」
「……はい」
　絢音先生の目には涙があふれていた。
　大切な人を失うのは、とてもつらい。
　人は失ってから大切なものに気づくことが多い。
　実際、俺もそうだった。
　だからいま、自分を見つめてほしい。
　そして、自分が本当に大切にしたいものを、見失わないでほしい。
　大切なものを大切にする。
　愛する葉月が、俺に教えてくれたことだ。

　——なぁ、葉月。
　愛空が心配だ。
　俺はどうすればいい？
　葉月だったら、どうする？

葉月と話がしたい。
葉月に逢いたくてたまらない。
いまだって、そんな日がある。
だから、俺は空を見上げるよ。
空を見上げて、葉月のことを想うよ。

星

【愛空side】
　２階の自分の部屋で宿題をやっていると、いつのまにか夜の９時を過ぎていた。
　そろそろお風呂に入らないと。
　階段で下に行くと、お父さんがいるはずの居間の電気が消えている。
　キッチンをのぞいても、お父さんの姿はない。
　すると、１階の奥にある和室から光がもれているのが見えた。
　和室の前に立つと、座っているお父さんの背中が見えた。
　お父さんはうつむき、肩を震わせている。
「お父さん？」
　あたしの声に振り向いたお父さんの目には、涙があふれている。
「お父さん、大丈夫？」
「……あぁ」
　お母さんの遺影の前で、お父さんは泣いていた。
　あたしはお父さんの背中に抱きつく。
「どしたの？　どうして泣いてるの？　お仕事でなにかあった？」
　お父さんは首を横に振った。
「じゃあなに？　お母さんに逢いたくなっちゃった？」

「そうだな……お母さんに逢いたいな」
　お父さんは声を震わせる。
「愛空も、お母さんに逢いたいだろ……？」
　あたしは泣きそうになるのをこらえて言った。
「あたしは大丈夫だよ」
　本当は、大丈夫なんかじゃない。
　お母さんに逢いたいよ。
　つらいことがあったときは、よりいっそう強く思う。
　お母さんが抱きしめてくれたらいいのにって。
　頭をなでてほしいって。
「お父さんな……愛空のことが少し心配なんだ」
「どうして？」
「愛空はがんばりすぎて、我慢するところがあるから」
「なにも我慢してないよ？」
「ひとりでがんばろうとしなくていいんだぞ、愛空」
「お父さん……」
「人はひとりじゃ生きていけないんだ。だから頼りなさい。話したいことがあるなら、我慢しないで話しなさい。愛空とお父さんは家族なんだから」
　ずっと我慢してきたのに。
　なにがあっても泣かないって、そう決めたのに。
　涙が止まらない。
　どうして止まらないの……？
「愛空、泣きたいときは泣いたっていいんだよ。悲しいときは一緒に泣いて、うれしいときは一緒に笑うんだ」

「……ううっ……お父さん……」
「お母さんに逢いたいとき、ひとりで浜辺に行ってもいい。でも寂しいときは、お父さんと一緒に空を見よう」

　お父さんの背中にしがみついたまま、あたしは声を上げて泣いた。
　お父さんは知っていたんだね。
　あたしが浜辺で、お母さんと話していたこと。
　お母さんに逢いたいと願っていたこと。
　もしかして……お母さんがお父さんに伝えてくれたの？
「ありがと……お父さん」
　ありがと……お母さん。

　その日は、遅い時間になってもなかなか眠れずにいた。
　いっそ寝るのをやめてしまおうか、と思った矢先、外から物音がして、あたしは２階のベランダに出る。
　すると、小さな声がした。
「愛空っ」
　下を見ると、拓真がいた。
「拓真!?」
「シッ！」
　あたしは、あわてて口を両手で押さえる。
「こんな遅い時間に、どしたの？」
　小声で拓真にたずねる。
「いいもの見せてやる！　下に来いっ」
「いま？」

拓真は笑顔でうなずいた。
　こんな夜中に、いったいなにを見せるっていうの？
　あたしはパジャマから服に着替えて、寝ているお父さんを起こさないように静かに階段を下りていく。
　できるだけ音を立てないように玄関のドアを開けた。
　あたしの姿を見た拓真はニコッと笑う。
「お父さんにバレたらどうするのよ？」
「そのときは俺が愛空の父ちゃんに謝るよ」
「夜遅くに家抜けだすなんて、不良のはじまりだよ？」
　でも、家を出るとき、胸がドキドキした。
「普段イイ子なんだから、ごほうび」
「拓真がイイ子〜？」
　あたしは目を細めて、拓真の顔を見る。
「わかったよ。これからイイ子にするから」
　拓真はあたしの手を引いて、暗い道を走っていく。
「拓真、どこ行くの？」
「それはついてからの、お楽しみ」
　満面の笑みを見せる拓真に、思わずドキッとした。
　それから行き先もわからないまま、暗い森の中を進んでいく。
「こんな夜に森なんて、あぶなくない？」
　まわりは背の高い木々ばかりで、風で揺れる葉の音も、鳥の声も、なんだか不気味に聞こえる。
「大丈夫だって。怖いのか？」
「ちょっと怖い……」

あたしは拓真の背中にしがみついて前に進んでいく。
「怖くないだろ？　俺がいるじゃんか」
「なに、かっこつけてるのよ」
「愛空のことは、俺が守るよ」
　急に真剣なトーンで言うから、こっちが恥ずかしくなる。
　そのとき、森の中で水の流れる音が聞こえてくる。
「ほら、愛空見てっ」
　拓真が指さした先を見ると、ぼんやりと白く光るものが見えた。
「あれって……もしかして蛍(ほたる)？」
「うん」
「わぁ……初めて見た」
「愛空はまだ島に来て1年ぐらいだもんな？」
「うん。すごぉい……きれぇ……」
「がんばって歩いただけあるだろ？」
「うん！」
「……そろそろかな？」
　そう言って拓真は腕時計で時間をたしかめる。
「なになに？」
　蛍を見に来たんじゃないの……？
「行こっ」
　拓真はあたしの腕をつかむと、また走りだす。
「まだ走るのぉ？」
「もう少しだ」
　森を抜けてたどりついたのは、丘の上だった。

「今日はこの時間がよく見えるって、ニュースで言ってたから」
「星が降ってる……」
「年に一度の流星群だ」
　夜空から、たくさんの星が降り注ぐ。
　こんなの初めて……。
　あまりに綺麗で、夢の中にいるみたい。
　拓真の隣に座って、夜空の星たちを眺めた。
「ありがとう……拓真……」
「喜んでくれたならよかった。最近いろいろあったしさ」
「それでここに連れてきてくれたの？」
「まぁな」
　拓真……あたしのこと気にしてくれていたんだ。
　拓真は草むらに生えていた花を１本抜き取る。
　その花で輪を作り、まるで指輪みたいにした。
「愛空……手、出して」
「ふふっ、あたしにくれるの？」
　拓真は、あたしの左手の薬指に花の指輪をはめてくれた。
「かわいい……」
　あたしは、空にかざした花の指輪を見つめる。
「いつか本物やる」
　その言葉に、胸の奥がじんわりと温かくなる。
　拓真の気持ちがうれしかった。
「愛空」
　あたしの両肩をつかんだ拓真は、目を閉じて顔を近づけ

てくる。
「な、なにすんのよっ！　マセガキッ」
　あたしが拓真の顔を手で押さえると、拓真はパチッと目を開けた。
「マセガキとはなんだよ」
「だって……キスしようとするから」
「ちぇっ。もうちょっとだったのに」
　拓真は拗ねた様子で、その場に寝転がった。
「あたしね……拓真といるとラクなんだ……」
　あたしは夜空の星を見ながら、つぶやいた。
「あのさ、愛空」
　あたしは拓真の顔を見る。
「愛空がいつもがんばってること、俺はちゃんと知ってるからな」
　拓真、あたしはね。
　いつもうるさいほど元気で、お調子者だけど……。
　拓真が優しい人だって、ちゃんと知ってるよ。
「みんなの前で強がるのも、我慢するのも、それが愛空だから、しょうがないけどさ……俺の前では無理すんなよ」
「拓真……」
「約束だからな？」
　あたしは笑顔で大きくうなずいた。
「ねぇ、拓真」
　あたしも拓真の隣に横になって、拓真と見つめ合う。
「ずっと、そばにいてくれる？」

「そばにいる」
　泣きそうになった。
　それくらい、うれしかった。
「拓真……泣いてもいい？」
「いいよ」
　拓真は、あたしをそっと抱きしめる。
「今日……泣いてばっかり……」
「いつ泣いたんだ？」
「内緒」
"イイ子でいなきゃいけない"
"しっかりしなくちゃいけない"
"人前で絶対に泣いたりしない"
　そうやって強がって、自分の感情を我慢してきた。
　それが大人になるということだと思っていた。
　あたしが早く大人になれば、お父さんを安心させてあげられると思った。
　お父さんのことが大好きだから、心配かけたくなかった。
　でも、あたしを大切に想ってくれる人たちは言った。
"ひとりでがんばらなくていい"
"無理して気持ちを我慢しなくていい"
　拓真だけじゃない。
　お父さんもそう。
　絢音先生や、クラスの友達、島の人たちだってそうだ。
　まわりの人たちと支え合って生きていくことが、大人になるということなのかもしれない。

つらいときや泣きたいときは、慰め合う。
　困っていることがあれば、助け合う。
　そうやって、さまざまなことを乗り越えていく。
　そして、なにかを乗り越えたときに、またひとつ大人になれる。
　強くなれる。
　みんなが、大切なことを教えてくれた。
「この島に来て拓真に逢えて、本当によかった」
「なんだよ、急に」
「いつも一緒にいてくれて、ありがと」
「これからもずっと、そばにいる」
「約束だよ？」
「ずっと愛空のそばにいる……約束するよ」
　星が降る夜に、交わした約束。
　まだ幼かったあたしたち。
　でもこの純粋な想いを、なにより大切にしたかった。
「拓真」
「ん……？」
　ちゃんと伝えたい。
　あたしの想い。
「好き」
「……いま、なんて言った？」
「聞こえなかったの？」
「もう1回、言って？」
　本当は聞こえていたくせに、いじわる。

「大好きっ」
　あたしは拓真の頬にキスをした。
　ずっと。
　ずっと一緒にいようね。
　……約束だよ。

　朝、学校へ向かう途中、絢音先生の姿を見つけた。
　生徒たちが通りすぎるたびに元気で明るい声で挨拶をして、すれちがう島の人たちにも気さくに話しかけている絢音先生。
　絢音先生の足もとを見ると、いつものパンプスではなくスニーカーを履いていた。
「あぶなっ！」
　スニーカーになっても、なにかにつまずいて転びそうになっている。
　そんなドジなところも、憎めない。
　それはやっぱり、絢音先生がいつも一生懸命な人だから。
「絢音先生ーっ！」
　うしろから大声で叫ぶ。
　絢音先生は、笑顔で振り返った。
「愛空っ！　おはよー！」
　あたしに向かって大きく両手を振っている絢音先生のところに走っていく。
　すると、曲がり角からちょうど拓真が出てきた。
「あ、拓真」

「おう」
「おはよ」
　明け方まで丘の上で流星群を見ていたからか、拓真は眠そうな顔をしていた。
「ねぇ拓真、手ぇつなごっか」
「えっ!?」
　顔がまっ赤になる拓真が、かわいい。
「冗談に決まってるでしょ！」
「なんだよ……冗談かよ」
　絢音先生がニヤニヤしながら、あたしたちを見ていることに気づいた。
「ふたり、もしかしてなにかあった〜？」
「なんもねぇよっ」
　拓真が照れているのを見て、絢音先生はいたずらっ子のような顔であたしに微笑んだ。
「あ、そうだ。今日はみんなに作文書いてもらうからね」
「作文ですか？」
「うん、将来の夢について」
　将来の夢……。
　あたしは隣を歩く拓真にたずねる。
「拓真は将来の夢ってある？」
「うーん……たくさんありすぎて決められないな。宇宙飛行士にもなりたいし、でも野球選手かな」
「へぇ〜初耳」
「愛空は？」

あたしはチラッと絢音先生の顔を見る。
「あたしは……絢音先生みたいな先生になれたらなって」
「ホントに⁉」
　そう言って、あたしの前に立ちはだかった絢音先生は、すごくうれしそうな顔をした。
　いままで将来の夢を作文に書けと言われても、なにも思い浮かばなかった。
　でもいまは、絢音先生のような先生になりたい。
「愛空はなれねぇよ」
　拓真が笑いながら言った。
「絢音先生になるなら、ドジにならないとな」
　そう言って拓真は、あたしの手を取って走りだした。
「ちょっと、ふたりとも！　待ちなさ～い」
　絢音先生が必死に追いかけてくる。
　でも走りながらでも、拓真と手をつなげてうれしい。
「本気で絢音先生になりたいのか？」
「うん。ダメ？」
「それもいいけど、愛空は愛空らしい先生を目指せよ！」
「そうだね」
　お互いにぎゅっと手をにぎりしめて、笑い合った。

　──ねぇ、お母さん。
　今日も綺麗な青い空だね。
　お母さんが笑ってるのかな。
　あたしの声、お母さんに届いてるかな。

いまは逢えないけれど、いつかきっと逢える日が来るよね？
　逢いたい気持ちも、寂しい気持ちも。
　ありのままの気持ち全部抱えたまま、あたしは空にいるお母さんを愛してる。
　これからもお母さんを想うときは、空を見上げるよ。
　いつか逢えるその日まで。
　空の上から、いつもあたしを見守っていてね。

　　　　　　　　　　　　　　　　　　　END.

あとがき

こんにちは、白いゆきです。
新装版『逢いたい…キミに。』をお手にとっていただき、ありがとうございました。

この作品は、2010年に単行本で書籍化していただいた、私の書籍デビュー作でもありました。その後、文庫化していただき、このたび新装版が発売されることになりました。
この作品を通して、たくさんの読者様に出逢うことができました。読者様からいただいたお言葉ひとつひとつが宝物です。また、お世話になった方々にも感謝の気持ちでいっぱいです。本当にありがとうございます。

私が『逢いたい…キミに。』という物語を書いたきっかけは、空を見上げることが好きだったからです。
いまでも学生時代の思い出を振り返ると、その思い出たちと一緒にそのときの空も浮かびます。たとえば好きな人のことを考えているとき、なにかうれしいことや、つらいことがあったとき……私はさまざまな場面で空を見上げていたのだと思います。
いまも考えごとをしたいとき、ただボーッとしたいとき、大切な人に想いを馳せるときなど、空を見上げることが多いです。

空を見ているとリラックスすることができ、元気をもらえる気がしています。

　大切な人と遠く離れていても、同じ空の下で生きていると思うと少しだけ元気がわいてきませんか？　この世界から旅立ってしまった人が空から見守ってくれていると思うと、空に向かって話しかけたくなりませんか？

　空はどこまでもつながっていて、空は私たちにとって心の支えになる大切な存在だと思い、この物語を書かせていただきました。

　物語の裏話になりますが、本編では大輔から葉月、番外編では拓真から愛空に花の指輪を送りました。じつは大輔が葉月に花の指輪を渡したことを、拓真はこっそり大輔から話を聞いて知っていました。まだ幼い拓真ですが、愛空のことが大好きで大切に想っています。

　愛空に花の指輪を渡して「ずっとそばにいる」と約束したのは、愛空の両親と同じように永遠の愛を誓いたかったからです。いつかこのことを愛空が知ったら、うれしいだろうな……と想像しながら番外編を書きました。

　そして、登場人物ですが、翔は『逢いたい夜は、涙星に君を想うから。』という物語に登場していて、大輔と愛空も少しだけ登場しています。

　番外編で登場した絢音先生は『幼なじみ―first love―』という物語の主人公でもあります。絢音と、幼なじみの蒼

という男の子の学生時代から大人になるまでを描いた純愛物語です。もしよければ、他の作品とのつながりも楽しんでいただけたら幸せです。

　最後になりますが、読者様をはじめ、素敵なカバーイラストを描いてくださった比乃キオ様、新装版に携わってくださった皆様、本当にありがとうございました。

　空を見上げて、願っています。
　今日もあなたが幸せに笑っていますように。

　　　　　　　　　　　　　　　2019年5月　白いゆき

作・白いゆき（シロイユキ）

東京都出身。2010年に『逢いたい…キミに。』でデビューし、その後も「幼なじみ～first love」（上下）、『初恋Days』、『ひまわりの約束』、『春、さくら、君を想うナミダ』など、切なくもメッセージのある話題作を続々と発表（すべてスターツ出版刊）。現在は、ケータイ小説サイト「野いちご」で活動している。

絵・比乃キオ（ヒノキオ）

新潟県出身の少女漫画家。2014年、別冊フレンドから『キミに降る雪』でデビュー。代表作は、単行本『この町がぼくらのセカイ』。趣味は美術鑑賞、美味しいもの巡り。

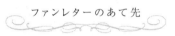

ファンレターのあて先

〒104-0031

東京都中央区京橋1-3-1

八重洲口大栄ビル7F

スターツ出版（株）書籍編集部 気付

白いゆき先生

本作は2013年10月に小社より刊行された「逢いたい…キミに。」に、
加筆・修正をしたものです。

この物語はフィクションです。
実在の人物、団体等とは一切関係がありません。
一部、飲酒喫煙等に関する表記がありますが、
未成年者の飲酒、喫煙等は法律で禁止されています。

新装版　逢いたい…キミに。
2019年5月25日　初版第1刷発行

著　者	白いゆき ©Shiroiyuki 2019
発行人	松島滋
デザイン	カバー　齋藤知恵子 フォーマット　黒門ビリー＆フラミンゴスタジオ
ＤＴＰ	久保田祐子
編　集	相川有希子
編集協力	酒井久美子
発行所	スターツ出版株式会社 〒104-0031 東京都中央区京橋1-3-1　八重洲口大栄ビル7F 出版マーケティンググループ　TEL03-6202-0386 （ご注文等に関するお問い合わせ） https://starts-pub.jp/
印刷所	共同印刷株式会社

Printed in Japan

乱丁・落丁などの不良品はお取替えいたします。上記出版マーケティンググループまでお問い合わせください。
本書を無断で複写することは、著作権法により禁じられています。
定価はカバーに記載されています。

ISBN 978-4-8137-0686-1　C0193

ケータイ小説文庫　2019年5月発売

『新装版　好きって気づけよ。』天瀬ふゆ・著

モテ男の凪と天然美少女の心愛は、友達以上恋人未満の幼なじみ。想いを伝えようとする凪に、鈍感な心愛は気づかない。ある日、イケメン転校生の栗原が心愛に迫り、凪は不安になる。一方、凪に好きな子がいると勘違いした心愛はショックを受け…。じれ甘全開の人気作が、新装版として登場！

ISBN978-4-8137-0685-4
定価：本体590円+税

ピンクレーベル

『学年一の爽やか王子にひたすら可愛がられてます』雨乃めこ・著

クラスでも目立たない存在の高校2年生の静音の前に、突然現れたのは、イケメンな爽やか王子様の柊くん。みんなの人気者なのに、静音とふたりだけになると、なぜか強引なオオカミくんに変身！「間接キスじゃないキス、しちゃうかも」…なんて。甘すぎる言葉に静音のドキドキが止まらない!?

ISBN978-4-8137-0683-0
定価：本体590円+税

ピンクレーベル

『ルームメイトの狼くん、ホントは溺愛症候群。』＊あいら＊・著

高2の日奈子は期間限定で、全寮制の男子高に通う双子の兄・日奈太の身代わりをすることに。1週間とはいえ、男裝生活には危険がいっぱい。早速、同室のイケメン・嶺にバレてしまい大ピンチ！でも、バラされるどころか、日奈子の危機をいつも助けてくれて…？　溺愛120%の恋シリーズ第4弾♡

ISBN978-4-8137-0684-7
定価：本体590円+税

ピンクレーベル

『新装版　逢いたい…キミに。』白いゆき・著

遠距離恋愛中の彼女がいるクラスメイト・大輔を好きになった高1の葉月。学校を辞めて彼女のもとへと去った大輔を忘れられない葉月に、ある日、大輔から1通のメールが届き…。すれ違いを繰り返した2人を待っていたのは!?　驚きの結末に誰もが涙した…感動のヒット作が新装版として復刊！

ISBN978-4-8137-0686-1
定価：本体570円+税

ブルーレーベル

書店店頭にご希望の本がない場合は、
書店にてご注文いただけます。